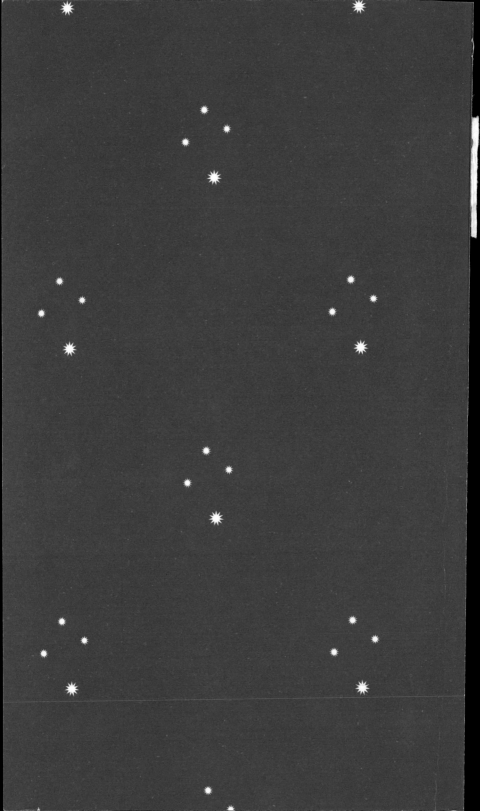

La luna

Stella Cinzone

La luna

emecé
cruz del sur

Cinzone, Stella
    La luna.– 1ª ed.– Buenos Aires : Emecé, 2004.
    232 p. ; 22x14 cm.

    ISBN 950-04-2573-4

    1. Narrativa Argentina I. Título
    CDD A863

03/05
18.85

Emecé Editores S.A.
Independencia 1668, C 1100 ABQ, Buenos Aires, Argentina
www.editorialplaneta.com.ar

© 2004, Stella Cinzone
© 2004, Emecé Editores, S. A.

Diseño de cubierta: Lucía Cornejo
1ª edición: 2.000 ejemplares
Impreso en Gráfica MPS SRL,
Santiago del Estero 338, Gerli,
en el mes de julio de 2004.

IMPRESO EN LA ARGENTINA / PRINTED IN ARGENTINA
Queda hecho el depósito que previene la ley 11.723
ISBN: 950-04-2573-4

Primera parte

La niña corre, veloz, a campo traviesa. Un pañuelo a cuadritos celeste y blanco en la cabeza rubia. Arriba, el sol de la siesta, impío. La botella de agua apretada fuerte entre los brazos y contra el pecho. Rápida, como una flecha.

La niña corre golpeando fuerte con las alpargatas contra la tierra en aquella tarde apenas comenzada, en pleno verano bajo el sol rabioso. Pero ella no tiene rabia, ella corre, sólo corre, casi feliz. Corta el aire pesado de la siesta de verano con su cara blanca y su cabeza rubia atada con un pañuelo cuadrillé. Corre golpeando fuerte la tierra con los pies y dejando una estela azul de vestido fruncido y pañuelo a cuadros.

Está lejos la tragedia, no hay nada que temer, la niña sólo tiene que llevarles la botella de agua para que ellos en medio del trabajo hagan un alto, bajo el rabioso sol del estío, detengan los caballos haciendo un alto en la faena, retiren hacia atrás el

casco despejando la frente y tomen un trago de la
botella que la niña acaba de traer corriendo a través del campo, desde la casa, desde el pozo o de la
bomba.

Seguramente la madre o la hermana han sacado un balde del pozo. Alguna de ellas, la madre,
tal vez, lo ha colgado al gancho sonoro y lo ha ba-
jado luego firmemente, metro a metro, dejando
deslizar la cadena chirriante entre los dedos, mirando entretanto despreocupadamente el campo
o el sol o el cielo o el bicho que se desliza en la madera o quizá mirando el balde que se hace cada
vez más chico mientras baja metro a metro, como
trémulo, colgando de la cadena chirriante hasta
que por fin choca contra el agua y entonces ella,
alguna de ellas, cualquiera, aflojaría la cadena un
poco más hasta que el balde se hundiera atravesando el espejo hacia lo negro —que nadie sabe
dónde termina porque el padre cuando lo hizo
cuidó que el pozo fuera tan hondo para que el
agua fuera tan pura y tan fresca. El balde se hun-
dirá en lo negro con el abismo abajo, solo y colgando de la manija al gancho, a la cadena, a la rol-
dana a las manos de la madre que al final tirará
para sacarlo lleno de agua fresca —tan fresca gracias a que el padre hizo tan hondo el pozo— cho-
rreando mientras va hacia arriba metro a metro
bamboleándose, inestable, colgado y solo. La ca-

dena canta, las manos de la madre son firmes y fuertes para sostener el balde.

El agua fresca pasará segundos después a la botella que estará apoyada en la mesita junto al pozo. El balde vacío irá a parar al gancho clavado en la madera del dintel del pozo y la madre o la hermana le darán la botella a la niña, seguramente la hermana le ajustará el pañuelo sobre los pelos rubios y la niña empezará a correr a campo traviesa, bajo el sol de enero, apretando la botella contra su pecho para traerles el trago de agua necesario en este terrible calor en medio del trabajo, para lo cual ellos detendrán los caballos, se retirarán el casco de la frente y compartirán el agua en silencio tratando cada uno de dejarle la mayor parte al otro.

Esto ocurrirá unos minutos después. Por ahora la niña corre veloz por el campo. Siente el pasto picando las piernas desnudas y siente el viento que le tira para afuera la saliva si sonríe, el viento que no se sabe si entra o sale por la boca pero que infla los carrillos y saca la saliva y entonces hay que soplar para adentro por las comisuras para volver a entrar el líquido produciendo una frescura suplementaria.

Ella está parada en medio del patio de tierra. Olvidada de la sombra que el olivo le ofrece a poca distancia, está parada bajo el sol con una mano en la cintura y la otra a modo de visera sobre los ojos mirando a lo lejos a la niña que corre golpeando con sus pies la tierra seca del campo. Ella le ha puesto el pañuelo a cuadritos en la cabeza y le dio la botella con agua fresca para que la niña se la llevara a los hermanos que están lejos, trabajando en la cosecha bajo el sol de enero. Ella mira fijo la silueta celeste que se mueve atravesando la llanura envuelta en la atmósfera blanca.

A cierta distancia, aunque no la mire, siente que la madre ha llegado arrastrando una silla baja y se ha sentado bajo los árboles altos del costado de la casa. Hoy nadie duerme la siesta. Hace demasiado calor para ella y para la madre, se dijeron. Sin embargo no es sólo el calor, es esa inquietud por ellos, que hoy trabajan en el campo y no duermen como de costumbre bajo la sombra de los árboles altos. Es como si la madre, en vigilia, hubiese ocupado el espacio de los hermanos bajo los altos árboles. Ella sabe de ese lazo entre los hermanos y la madre, un lazo como de soga o de cadena, como un pacto de sangre silencioso. Ella siente ese lazo, lo nota, lo observa, le parece que no está bien, y lo deja pasar.

Al fin de cuentas ella ya no es de aquí. Uno de

estos días, cualquiera, en cualquier momento bus-
cará su maleta de cartón marrón y pondrá los vestidos de la niña y los suyos, las zapatillas, las ena-
guas y el hermano mayor las llevará a ella y a la
niña rubia en la volanta, primero a través del camino del campo y luego por el camino de tierra
hasta la pequeña estación pueblerina donde toma-
rán el tren que las llevará de vuelta a la ciudad para terminar allí el verano antes de que la niña co-
mience las clases.

Ella sabe cómo será. El hermano mayor en-
ganchará los mejores caballos a la volanta por la
mañana temprano, aún con el rocío, mientras ella
cierra la maleta y peina a la niña. Después el desayuno como de costumbre, sólo que el hermano mayor y ella estarán con ropa de salir y con esa
prisa que les acomete a ambos, como una inquietud, cuando llega el momento de partir. Esa inquietud es como un rasgo de familia, como un
miedo a que se haga tarde y a perder el tren, como una opresión por la inminencia del aconteci-
miento inusual. Esas partidas que se producen
una o dos veces por año cuando ella termina su
visita, cortan la sucesión monótona del tiempo,
dan la impresión de que algo ocurre. Son también
la señal de que ella ya no es de allí, que hay otros
que la esperan en la ciudad, pero también la señal
de un tiempo que ya no se tiene. Y están la prisa

y la inquietud inexplicable y compartida que se pone a circular entre todos cuando hay que partir, como una comunión.

El hermano mayor, prolijamente afeitado y con gorra nueva, con el cigarrillo apretado entre los dientes, cerrando uno de sus ojos azules como los de la madre para evitar el humo azul que asciende desde el pucho, estará más silencioso que de costumbre y afanado en preparar todos los detalles para el camino hasta el pueblo. Habrá dejado sus chistes y su sonrisa pícara y hablará en furlano con el hermano menor y con la madre. Hay momentos —nunca llegarían a saber cuáles— en los que entre ellos se habla la lengua de los padres. Se pasa de una lengua a otra sin cruzar ningún umbral, sin intención.

Entretanto la madre habrá preparado las vituallas que siempre le carga en abundancia en un bolso para los golosos de la ciudad, frutas, quesos, salame, huevos frescos… Cargada de regalos llegará ella con la niña, alegres las dos, caminando despacio por las calles arboladas después de bajarse en el apeadero donde ella descenderá primero trabajosamente con bolso y maleta y después alzará a la niña con su vestido blanco con rayitas verdes y la dejará sobre las piedritas del apeadero con las que tanto le gusta jugar. Finalmente logrará que deje las piedras y que empiece a marchar a su lado mientras detrás suyo el tren arranca con estrépito y —él también— parte.

El hermano menor se mantendrá en silencio como siempre, ayudará a cargar maleta, bolso y niña en la volanta y después simplemente abrazará fuerte, como siempre, con esa especie de emoción esquiva en los ojos verdes como los suyos cuando la mira para despedirse, como siempre.

Los caballos empezarán a marchar dejando atrás primero a la madre de negro, como siempre, saludando con la mano, de pie, en el medio del patio de tierra. Después al hermano menor que, mientras ella se despedía, se ha adelantado corriendo para abrir las tranqueras de alambre de los corrales para ayudar, para dejar libre el paso y para que el mayor no tenga que ocuparse de detener la marcha y bajar a abrir. Después los corrales, los animales, el campo arado o sembrado o crecido o segado, los árboles altos, la casa. Una vez que los caballos doblan por el camino de salida que lleva, allá lejos, al camino de tierra que lleva después de mucho andar a la estación, una vez que se dobla ese recodo ya no se ve nada. Ni la madre, ni el hermano, ni la casa con el olivo y el pozo. Sólo el cielo todavía algo violeta de la mañana y la copa de algunos árboles.

Ella sabe cómo será, y sabe cómo será el próximo verano cuando retorne de visita, cómo despertará a la niña muy temprano por la mañana, cómo la vestirá, la peinará y la llevará de la mano por la calle arbolada hasta el apeadero. En la otra mano la maleta de cartón marrón con sus vestidos y los de la niña.

Sabe cómo llegarán las dos solas al apeadero muy temprano por la mañana, con mucho tiempo de anticipación como a ella le gusta, para quedarse tranquila debido a eso que le agarra antes de partir, ese miedo a llegar tarde, a no llegar a tiempo, a perder el tren. Sabe cómo la niña jugará con las piedritas que tanto le gustan o saltará cien veces del banco al piso, incansable, hasta que al final llegue el tren que parte esta vez en sentido contrario, las dos acomodadas en el asiento de madera, la niña del lado de la ventanilla absorta en el paisaje que se hace cada vez más rural, más campesino a medida que se abre paso la llanura trabajada por los gringos.

Y al rato llegarán a la estación pequeña donde estará esperándolas el hermano mayor con ropa de salir y gorra nueva, con la volanta y los mejores caballos y esa su sonrisa que no es pícara todavía porque están en público sino más bien tímida pero franca por el alivio que sobreviene al fin de la espera. Porque seguramente él ha llegado con mucho tiempo de anticipación por miedo a llegar tarde y la espera lo ha puesto tenso hasta que por fin las ve venir: hermana y niña vestidas de verano llegan sonrientes por los andenes a reunirse con él en el hall donde saben que él las estará esperando.

Porque así quedaron en un par de cartas cursadas entre el cuñado y él, los letrados de la familia. En una el cuñado le decía, después de los saludos de rigor, como siempre, que la hermana y la niña pensaban viajar en tal fecha y él respondía a vuelta de correo que estaría esperando. Era suficiente, no importaba cuánto tiempo hubiese pasado desde las misivas. No era necesario más. La cita estaba hecha y nada la quebraría, se produciría como si ellas no hubiesen venido en tren y él en volanta al encuentro sino caminando a través de un puente tendido por su palabra.

Él dijo que estaría allí el día que ellas habían elegido y así debía ser, así fue, así era siempre, él estaba allí y ellas llegaban confiadas porque sabían que él había dicho. A veces ni siquiera fue necesario hablar, como cuando el padre murió. No tuvo necesidad de que le dijera que cuidara del campo, de la madre y del hermano, no tuvo necesidad porque él sabía cómo eran las cosas, cuál era el deseo del padre y cuál era su deber. Le dio al padre su palabra en silencio y el padre entonces se pudo morir tranquilo.

Las ve llegar, sonrientes y vestidas de verano, esquivando a los otros viajeros en la pequeña estación, buscando el hall donde saben que él estará esperándolas tal como habían quedado. Entonces, el ansia que lo había invadido, imperceptible, durante la espera y que le había hecho fumar uno tras otro aunque a él no le gustaba fumar delante de la gente —el cigarrillo era para compartir con el hermano, uno armaba, el otro fumaba... Entonces, el ansia se esfuma de repente cuando ve la cara de la hermana con los mismos ojos del hermano venir a su encuentro, con la niña tomada de la mano, sonriendo con esa expresión que él le conoce en las llegadas y que es de reencuentro, de intimidad, de familia... Entonces, aflojada la tensión de la espera él también sonríe, todavía un poco duro porque ha pasado tiempo y se ha perdido la confianza cotidiana que llevará un rato de intimidad recobrar, como siempre.

Ella sabe cómo va a ser: la maleta, la despedida, los ojos del hermano como los suyos, la volanta, el camino, la estación, la calle arbolada. En cualquier momento, cuando ella decida irse ocurrirán las cosas como siempre, como siempre. Sólo ocurren pocas cosas en la vida, pensó: el nacimiento, la muerte y —quizá— la guerra, el resto de las cosas uno las hace más o menos como siempre. Uno sube al tren o baja del tren, se sienta a la mesa o se levanta del lecho. Uno trabaja o come o duerme o sufre o ama más o menos como siempre. Pero pasar pasa poco, como la muerte del padre o el nacimiento de la niña.

El padre ha muerto algo joven, a su gusto, de hecho no ha llegado a viejo. Ella estaba lejos pero lo supo antes que llegara el telegrama. Se lo avisó el pájaro que cantaba frente a la ventana y de pronto, de golpe, cayó muerto. No es modo de morir de un pájaro, le pareció, pasar así, sin más, del canto a la muerte. Sólo podía ser un aviso: al pájaro le había fallado el corazón frente a su ventana y había caído muerto sobre su vereda para avisarle de la muerte del padre. Debía ser el alma del padre que vino a avisarle que le había fallado el corazón. Más tarde, ese mismo día, tuvo la confirmación: de las cuatro velas del paquete una no tenía corazón.

Ella lo supo antes. Por eso cuando llegó el telegrama que piadosamente decía: "Padre muy enfermo. Viajar", ella ya sabía. Lo supo desde que al pájaro que cantaba en su ventana se le paró en seco el corazón y se vino a pique desde la copa del árbol. Ella lo supo, y no podía ser de otra manera porque alguien a quien uno ama no se puede ir sin avisar. Y menos un padre.

La niña se acordaría para siempre de ese viaje inusual en plena madrugada al lugar familiar. Nunca más volvería a ver ese paisaje de noche. Algo tenía que pasar para que esto estuviera ocurriendo, para poder ver la parte de atrás de la superficie conocida, llegar en carro tirado por caballos diferentes, a través del campo negro, sin luna, en medio del invierno.

La niña abrió los ojos cuando ya llegaban a destino y en medio del negro alcanzó a ver negras siluetas. Nunca más iba a encontrar correspondencia entre las cosas claras conocidas y las negras siluetas del recuerdo que hizo persistir la noche sin luna, el roce de los caballos, el frío del invierno y la casa totalmente iluminada.

Pero la niña se equivoca. La niña no existía cuando murió el padre, se confunde con la noche en que murió el hermano del padre que había quedado viviendo con ellos en la pequeña casa del campo. Se confunde la niña aunque lo sabe. Se confunde. Tal vez para darle consistencia y figura al amor de ella por el padre cree que lo ha conocido y que estuvo allí, cuando su dolor por ese amor era presente y no sólo relato.

Más tarde, mucho más tarde, la niña confundirá tres noches: la del relato de la muerte del padre, la del viaje en carro por el helado campo negro sin luna y la de otra noche en que en la misma

ventana en que cantaba el pájaro que se vino a plomo desde el árbol, en la misma ventana en otra
noche negra y helada, la voz de Aldo sobresaltó la
madrugada: "Murió papá".

Cuando la silueta azul se esfuma detrás de los pastos verdes y amarillos, ella baja la mano de los ojos, gira y se aleja, pasa al lado de la madre dormida y sigue hacia la frescura de la sombra de los naranjos. Allí la envuelve la paz de esa hora del día: sólo algún gorjeo y el crujido de las hojas secas bajo sus pies. Levanta la mirada para recorrer atenta las frutas hasta encontrar la más dorada y amplia que cede fácil al tirón de los dedos y se desliza suave hacia la palma. Clava un dedo firme a través de la cáscara hasta la carne haciendo saltar minúsculas gotitas ácidas. Arranca la cáscara fragante desnudando prolijamente los gajos prietos y jugosos que van a parar, uno tras otro, a la boca ávida.

Ella camina distraída bajo esos árboles que plantó el padre y que fueron creciendo lento a lo largo de los años: naranjos, limoneros y mandarinos y más atrás durazneros, ciruelos y manzanos hasta la línea de los grandes eucaliptos del fondo que ya estaban. Demasiados para el consumo familiar y pocos para que rinda vender —le advirtieron—, es desperdiciar espacio. Pero el padre siguió plantando, entusiasmado con la fertilidad de esta tierra recobrada y repentinamente amada después de la yerma experiencia en la tierra natal.

El padre nunca fue fácil de disuadir. Era actor de una terquedad que quién sabe si le pertenecía o si venía de otra parte y sólo pasaba a través suyo como un golpe que impactaba en la vida de todos. No fue fácil de disuadir para que se quedara en Italia en 1910 y tampoco fue fácil de disuadir para que no volviera quince años más tarde.

Él buscaba, siempre buscaba. Ése fue el problema del padre —dice el hermano mayor—, a veces hay que darse cuenta de que uno ha encontrado algo con lo que puede quedarse. Según la madre, apenas casados decidió que no había con qué darle de comer a los hijos que alguna vez vendrían y que entonces había que dejar la patria y atravesar el océano hacia la tierra ancha y fértil. Consiguió el dinero para los pasajes y partieron los tres: el padre con la madre y el hermano del padre que iba con ellos, como siempre. Eran suficientes para el trabajo que permitiría, por fin, tener la tierra necesaria.

Pero pasados los años le acometió la inquietud,

ya no quería lo que había buscado. Se quedaba despierto por las noches, sentado en la cocina sin fuego y hasta sin luz.

—No me hallo —decía—. Hay que volver.

La madre lo miraba largo. Desaprobaba la ansiedad.

—Hay que conformarse. Estamos mejor acá.

—No me puedo conformar. Hay que volver.

Ella no recuerda nada de esto mientras camina despacio bajo los naranjos en la siesta de verano mientras la madre dormita bajo los árboles altos, los hermanos trabajan a fuego y la niña corre bajo el sol de enero. La historia que armó su vida es algo que ella sabe con un saber que no necesita del recuerdo para estar ahí, con ella, a cada paso, como si fuera el aire que la rodea o el mundo que habita.

Casi no necesita recordar al hombre joven y apuesto con esos intensos ojos azules y el mostacho oscuro, sentado en la silla baja, dejando pasar la noche mientras piensa que nada puede ser más difícil que esto, que esta desesperación por volver. Seguro allá mejoraron las cosas. Hace tiempo terminó la guerra. Se debe poder volver.

A veces la madre se despertaba en medio de la noche porque él faltaba en la cama, la ausencia la sacaba del sueño. Los niños dormían. Encendía una lámpara y se aventuraba un poco achuchada hacia la cocina. Él la miraba intensamente y ella volvía a leer —otra vez— la sombra y el fuego que agitaban su alma. Hubiera querido escapar para no escuchar lo que él volvería a decirle.

—María, María, siénteme. Tenemos el dinero, no compremos aquí. Nos alcanza para el viaje y para arrendar allá un tiempo hasta volver a juntar. No será mucho. Ya verás.

—¿Por qué me afliges así? No llegamos ayer, Luis, han sido muchos años. Por fin tenemos el dinero, establezcámonos de una vez. Basta de partir.

—Ya sería definitivo, nos quedamos allá que es nuestra patria. Seguro la familia ayudará.

—Envejeces Luis, y yo también. Ya no tienes la fuerza de antes y tus únicos hijos varones son pequeños. Las mujeres no sirven para el campo.

—Servirán. Son fuertes y animosas. Pero además qué dices, estoy más fuerte que nunca, y también está Brando que es más joven y viene con nosotros, como siempre.

—Me desesperas, Luis.

Ella podría recordar, si quisiera, la agitación creciente del padre, la sombra y el fuego en los ojos azules. También el progresivo silencio de la madre. Padre y hermano de padre tomaron las decisiones: se vendieron los animales, los arados, las máquinas, los aperos, las herramientas, los muebles. Ella y las hermanas ayudaron a la madre con los baúles de ropa y las cosas de la casa. Mucho no se podía llevar y la madre lloró varias veces al verse obligada a dejar algún objeto. Hace años había llorado también porque partía y algo le decía ahora, en lo más profundo del corazón, que esta partida y este llanto no serían los últimos.

A veces, cuando la alfalfa está crecida en su plenitud, alta y verde, justo un poco antes de segarla, cuando el viento de la tarde la agita en pleno verano, ondea, como las olas verdes del mar.

El mar descompone el estómago y reseca la piel y los labios. Pero lo peor es el tiempo. Pasa tan lento el tiempo en un viaje en el mar que termina por entristecer. No hay nada para hacer, día tras día. Día tras día y noche tras noche no hay más que el verde o el azul, el aire salado, el sol rabioso, la soledad y la zozobra. Así, uno termina pensando y temiendo. Los viajes fueron dos pero el recuerdo ha fabricado uno solo en el que resaltan las noches con sus lunas. De la terrible oscuridad de la luna nueva queda para siempre la sensación de haberse encontrado con la noche. No conoce la noche quien no haya pasado alguna en alta mar, en la oscuridad de luna nueva. Aun alguien que, como ella, se ha criado en el campo sin ninguna luz alrededor no tiene idea de la negrura de una noche sin luna en el mar. La noche del campo tiene matices, tiene sombras, tiene gritos, aleteos, roces, graznidos, temblores y gemidos, se puede sentir la vida dormida alrededor y también la que no duerme. En cambio el mar… el mar sin luna es como la profundidad del pozo. El negro continuo, el susurro incesante, el movimiento perpetuo… nunca como entonces atenazaba el miedo la garganta, aunque tal vez no fuera miedo sino un apabullamiento agazapado que no lograba alcanzar la claridad de alguna idea sobre la tremenda precariedad de la existencia.

En cambio la noche de luna llena es una fiesta en el recuerdo. Se pueden ver las manos, la cubierta, la espuma de las olas, el rostro de los otros. Pero sobre todo se ve la luna, espléndida compañía para el barquito solitario que se aventura, atrevido y temerario en la eternidad de la noche.

Cosas por el estilo solía contarle ella a la niña en ocasiones, cuando muy de vez en cuando se daba la oportunidad de hablar de Italia, cuando en general solía agregar lo del hambre y el frío ya en la tierra extraña. El disgusto por la polenta sola, seca y desabrida como único alimento a la mañana, a la tarde y a la noche. Se hacía en grandes fuentes —contaba— dura y cuadrada, se cortaba con hilos en cuadrículas y cada uno sacaba un trozo a su turno. El día de suerte, si las vacas habían comido suficiente, había leche para acompañar, pero el día que no había polenta se comían unos porotos duros y pequeños que eran para ella peor que la polenta. Fue malo lo de Italia, sólo para sufrir. Era mala esa tierra y poca para el ganado, lo que se criaba no alcanzaba para nada y encima el frío podía matarlo. Terminaron cuidando a las vacas más que a sí mismos.

Ella y las hermanas debieron trabajar el campo helado, la tierra congelada que agrietaba las manos y endurecía los pies a través del calzado precario. Los hermanos varones eran pequeños para trabajar así que los padres decidieron mandarlos a la escuela. Pero sólo le aprovechó al mayor. Tilio era débil, apabullado y tenía miedo de la gente, así que no logró aprender nada en todo ese tiempo. Se enfermaba o lloraba en silencio todo el camino desde la casa a la escuela, por las mañanas, cuando acompañaba rezagado al mayor por las colinas desnudas. Tonio no lo dejaba quedarse, volvía a buscarlo, lo alentaba y le secaba los mocos con la manga. Pero no hubo caso, Tilio primero lloró en silencio, luego secó las lágrimas y enmudeció. El maestro, harto, dijo que era inútil insistir.

Entonces Tilio se quedó en casa con la madre y con aquella de las hermanas a la que ese día le hubiese tocado ayudar en los quehaceres domésticos en vez de ir al campo con los hombres. Aprendió las tareas femeninas, desde lavar hasta coser o cocinar polenta. Cualquier cosa era preferible antes que verse obligado a estar con la gente. Y así siguió toda la vida, allá o acá, tímido, retraído, recio y bueno, tan buen hombre como había sido buen niño. Fue siempre el más serio y el más silencioso pero también el más suave detrás de su corpachón alto, fornido y esbelto. Seguramente más de una mujer hubiese sabido amar a ese hombre callado y buen mozo, de andar pausado y mirada esquiva. Pero él eligió quedarse en casa.

Bajo los naranjos, en esa tarde calurosa de enero, mientras sorbía el dulce líquido dorado, ella pensaba en los hermanos. Hubieran debido casarse, pensaba, no es buena esta soledad. La compañía de la madre no es suficiente y ya se vuelven viejos. La madre morirá pronto, aunque nadie quiera pensar en eso. Son los años. Y entonces, ellos, qué harán… Ésa solía ser la conversación angustiosa que se imponía siempre entre las hermanas cada vez que se encontraban, las pocas veces que se veían, si ella viajaba a la otra ciudad o ellas pasaban por su casa de camino a visitar a la madre.

—La hija de los Bar siempre estuvo enamorada de Tonio.

—Y no fue la única. No es para menos con lo lindo que fue él siempre, tan buen mozo.

—Ella también era muy linda. Y hasta se vieron unas cuantas veces, en secreto, según cuenta mamá. Pero él al final no se decidió y ella se cansó y se casó con el alemán.

—Una lástima. Ahora tiene hijos grandes. No sé si no hay uno que ya se está por casar, también.

—Él no quiso dejarlo a Tilio solo, eso fue lo que pasó.

—Pero Tilio habló claro con él. Dijo que era su vida, su derecho y su destino, dijo que tenía que responder a la chica y casarse con ella que lo amaba. Dijo que él no lo necesitaba y no tenía miedo a la soledad.

—Es que Tonio es terco como nuestro padre, heredó esa misma tozudez pero peor. Te juro que a veces hasta me asusta.

—Al final fue peor, es como si al rechazarla hubiera obligado a Tilio a quedarse con él para siempre.

—Dios mío, pensado así da miedo.

El sol se fue deslizando lentamente por la cuerda del oeste cambiando un poco la luz de la tarde, como siempre. Ahora está en ese momento justo en que desde el campo abierto se filtra por entre los árboles un rayo oblicuo que vaya a saber por qué combinación azarosa de la disposición de las ramas logra ser continuo a pesar de la fronda tupida. De vez en cuando, en algún momento del año —pero siempre en algún momento— se instala, en esa hora de la tarde cuando el sol se desliza por el oeste diluyendo un poco la siesta, ese rayo oblicuo de luz blanca que divide el espacio con una especie de cortina de motas de polvo que por un efecto de reflexión logran verse, de pronto, donde antes no estaban. ¡Miríada de puntos blancos luminosos colgados del aire!

Ella, atravesando la cortina luminosa, regresa lentamente junto a la madre que se ha quedado dormida con la costura sobre la falda. Se despierta al oírla llegar.

—Pobres muchachos, todavía trabajando, con este calor.

—¿No volvió la nena?

—Todavía no.

—No sé si está bien que la mande al campo tan chica. Si llegara a haber algún bicho.

—Difícil que haya víboras en el campo trabajado. Si llega a haber alguna es siempre de aquel lado, del lado del monte.

—Ahí viene, por suerte. ¡Esa chinita!... Quién iba a decir, criada en la ciudad y que le guste tanto andar por el campo.

La niña llega corriendo desde la luz blanca de la tarde, agitada y encendida, feliz por la tarea cumplida. Ella le saca el pañuelo, le enjuga la cara blanca y la cabeza rubia, y se la lleva a la casa para refrescarla y darle de beber. Entretanto encenderá el fuego para el mate y cortará la torta de miel que ha cocinado más temprano, a pesar del calor, porque es el dulce preferido de la niña y de los hermanos que no demorarán en llegar para el descanso de la tarde.

—¡Y! ¿Qué dijeron cuando te vieron?

La madre miró a la hija partir con la niña. Pobre Rosa —pensó—, tiene locura con la chica. Más que con la propia hija, si te descuidás.

En cuanto a sus hijas, todas se han casado con buenos hombres pero todas se han ido. La pobre Rosa es la que se ha quedado más cerca aunque también se fue. Los maridos se las han llevado lejos, a las ciudades, donde hay trabajo. Las hijas no pudieron vivir aquí, en esta tierra que sólo se pudo comprar más tarde, cuando ya se habían ido. No alcanzó el tiempo para vivir todos juntos en la tierra propia como quería el pobre Luis.

Al pobre Luis no le alcanzó el tiempo. Se le gastó la vida yendo y viniendo. Tantas veces llegando y tantas partiendo. Siempre trabajando y siempre despojados. "Yo ya decía que no era bueno partir tanto", pensó.

Ya no recuerda María si él alcanzó a ver una o dos floraciones de los frutales, ni si alcanzó a levantar una o dos cosechas de maíz o en cuantos partos de animales pudo ayudar. Pero sí está segura de que él no alcanzó a hacerse uno con esta tierra, no alcanzó a conocerla de memoria, a que el lugar se le metiera en el cuerpo de tanto vivirlo hora tras hora, día tras día. Ella, en cambio, había tenido más suerte, la vida le había dado tiempo para que esta tierra se le hiciera carne hasta el punto que, aun si se quedara ciega también del otro ojo, ciega del todo, igual podría seguir haciendo todos los quehaceres en la casa, en la huerta, en el gallinero, en el campo, igual podría seguir encendiendo el fuego, sacando el agua del pozo, plantando la achicoria y hasta seguir cosiendo, porque le ha alcanzado la vida para saberse de memoria cada rincón del lugar por fin logrado y cada montículo de la tierra que todos los días recorre su pie vacilante.

Quizá lo de Luis fue el destino. De tan inquieto que fue siempre no alcanzó a ligarse a ningún lugar. Será que algunos hombres no están hechos para lograr lo que quieren sino al final de todo, cuando la vida se acaba, cuando ya no da más chances, cuando ya no queda tiempo. O quizá se murió para no volver a darse cuenta de que tampoco era eso, que lo que se logró es incompleto y que uno no se puede conformar. O será que sólo la muerte pudo fijarlo a un pedazo de tierra definitivamente suyo, para siempre.

María, en cambio, según ella misma pensaba, había tenido más suerte, había alcanzado a vivir en la tierra en la que decidió quedarse para siempre. Cuando él murió se vistió de luto, regaló toda la ropa de color que tenía y se cosió vestido, pañuelo y delantal negro; cuando se gastaban sacaba el molde, cortaba y cosía otro vestido, otro pañuelo y otro delantal negro. Decidió también que ahora que él se había muerto ya no tenía ninguna necesidad de salir nunca más, que ya no tenía necesidad de alejarse de la casa ni del patio de tierra ni del pozo ni de la huerta. Así que, como quien cierra la puerta de su casa con llave para no franquear nunca más el umbral, María delimitó su territorio y no traspasó jamás sus límites. Trazó una línea imaginaria que seguía, al frente, el alambrado que separa el patio de tierra del potrero con el molino, hacia el sur, la última línea de frutales, por atrás, hacia el oeste, el alambrado que está detrás del gallinero y las higueras, y hacia el norte el granero. Nunca más, en todos los años que siguieron a la muerte del esposo hasta su propia muerte, nunca más María franqueó esos límites. En el centro de ese rectángulo quedaban la casa pequeña, la huerta, el gallinero, los frutales, el olivo y el pozo, desde la ventana del frente se veía salir el sol y desde las ventanas del comedor se lo veía caer incendiando el campo. No necesitaba más. Lo único que necesitó desde ese día hasta su muerte fue quedarse en casa. Al fallarle el corazón, a los ochenta y cinco años, los hijos llamaron al médico que indicó urgente hospitalización en el pueblo al que ella no había vuelto desde aquel día en el cementerio. Cuando el hombre se retiró sacudiendo fastidiado la cabeza, María le pidió a sus hijos que le trajeran un tazón de leche tibia a su cama situada junto a la ventana que daba al este. Tenía medio cuerpo paralizado y la boca torcida, así que Tilio le dio la leche del tazón a cucharadas pe-

queñas secando con una servilleta limpia los restos que desbordaban la boca hacia la barbilla cana
y pinchuda. Con el único ojo medio ciego que tenía alcanzó a ver el tazón de porcelana blanca con
motivos en verde tan pequeños que ella no alcanzaba a distinguir, por supuesto, pero que recorda-
ba de memoria: pequeñas aves, garzas tal vez, con
las alas desplegadas y las largas patas extendidas
volando sobre el pasto del campo, tal vez, o de la
orilla del río... ¿hacia dónde?...

El estertor duró toda la noche mientras la lámpara azul ardía frente al espejo del tocador. Los hijos velaron, el menor a la derecha y el mayor parado a los pies de la cama, descubiertos, sin lágrimas
y en silencio. A la madrugada pareció María des-
pertarse y giró un poco la cabeza hacia la ventana.
A lo lejos, en el horizonte, saliendo de abajo de la
tierra, trepando el cielo detrás del olivo, vio María
con su único ojo medio ciego, salir, por última
vez, el sol.

Se levanta María de la silla, se pone de pie dificultosamente, vestida de negro, con el mismo
luto que se puso cuando él murió y que decidió no
sacarse nunca más. Se levanta pero, a juzgar por el
cambio de altura que resulta del movimiento, no
parece que se pusiera de pie. Es que camina encor-

vada, la espina no aguantó el duro trabajo del campo y se le dobló la espalda por la mitad, obligándola a andar para siempre con la cabeza gacha, mirando la tierra, para siempre. Camina lento y con dificultad, las manos enlazadas atrás, negro el pañuelo ocultando el rodete de largo cabello cano, el largo y lacio cabello color plata que ella cepilla largamente todas las mañanas. En la madrugada oscura, antes de que salga el sol y antes de que se levanten todos, ella enciende la lámpara azul sobre el tocador y comienza ese pequeño e íntimo ritual, último vestigio de la última coquetería escondida. Suelta casi a oscuras y en silencio su único tesoro plateado y lo peina largo y suave, como una caricia de la mano amada que solía enredarse allí en otro tiempo, peina un rato su cabello plateado antes de enroscarlo otra vez bajo la nuca, apretarlo con horquillas y esconderlo bajo el pañuelo negro.

Se levanta María de la silla baja y empieza a caminar con pasos cortos, vestida de negro y encorvada, con las manos enlazadas detrás de la cintura vencida, atravesando el patio de tierra.

A lo lejos, ellos, que vuelven del duro trabajo del campo sosteniendo firmes las riendas de los caballos que se apuran porque huelen ya el agua fresca con la que el molino llena el tanque, o porque como conocen el camino saben que ya casi están de regreso del terrible sol hacia la frescura de la sombra y el agua, ellos, que tienen que sofrenar a los caballos apurados aunque en el fondo tienen la misma prisa por llegar a la casa, ellos, que vuelven fuertes y sudados, ven, a lo lejos, la negra y encorvada silueta de la madre atravesar con pasos cortos, como un trote contenido, el patio de tierra.

Ella y la niña se alejan de los altos árboles a través del patio de tierra hacia la casa. El sol del día ha recalentado las paredes y el techo de la vivienda pero sin embargo la penumbra interior da la sensación de una cierta frescura. La niña ingresa en los perfumes de la cocina que permanecerán con ella para siempre. Cada cosa está en su lugar en el recuerdo: el olor fuerte y salado de los salames colgados, el queso amarillo transpirando bajo la campana de vidrio, la leña apilada en orden al lado de la cocina de hierro apagada a esta hora del día, las cortinas corridas para evitar el resplandor de la siesta, los mosquiteros en las ventanas pequeñas, el postre royal de vainilla con leche enfriándose para la cena en la fuente enlozada, la torta de miel o de chocolate esperando bajo el aro de madera y tela metálica para evitar las moscas.

Muchos años más tarde, cuando ya hace casi una eternidad que es imposible volver a entrar en la cocina pequeña, cuando ya hace muchos años que el tiempo y la muerte se han tragado la cocina con sus cortinas, la casa pequeña, el olivo, el patio de tierra, el campo, el pozo, la madre vestida de negro, los hermanos y a ella que la amaba tanto, aquella que fue la niña se pregunta cómo es posible que no se pueda volver a esa región que se conoce tanto, a esa frescura de la penumbra que todavía se siente, a esas fragancias que aún se huelen, a la caricia de esas manos ásperas y dulces. La infancia huye alocada y precipitadamente pero no nos prepara para perderla. Uno llega a pensar que esa prisa con la que nos abandona nos encadena a ella para siempre, como cuando el hombre al que amamos con un amor intenso, apasionado y loco nos deja de pronto sin piedad.

Ella sirve un vaso de agua fresca a la niña que se sienta a la mesa hablando sin parar, le enjuga con un trapo húmedo la cabeza rubia sudada, la frente, las sienes, el cuello mientras escucha el relato interminable de la carrera por el campo a pleno sol. Ella ríe, contagiada con el entusiasmo de la infancia. Deja la cabeza rubia y se afana en encender el fuego para calentar el agua para el mate. La cocina se queda por un instante en silencio. La niña se saca una alpargata y apoya el pie en la otra rodilla inspeccionando el talón desnudo.

—¿Viste el libro que estoy leyendo?

—Ajá.

—Habla de la nieve… ¿Me contás?

—¿Qué?

—De la nieve.

—¿No ves que estoy ocupada?

—Parece que en esos lugares cae nieve para la navidad.

Ella la mira de reojo.

—¿Qué te pasó, te clavaste algo?

—Parece una espinita, no sé cómo pudo entrar en la zapatilla —se frota el talón recubierto por una delgada película terrosa, desprendiendo diminutos choricitos de mugre con los dedos—. Mirá, yo ya lo tengo decidido. Cuando sea grande voy a viajar por esos lados y te voy a llevar a vos y a mamá a ver la nieve… No te rías. ¿Ves como sos, no? Siempre te reís cuando yo te estoy hablando en serio.

—Si es una espina, hay que sacarla. Esperate que busco una aguja.

Trae una aguja, acerca la punta a la llama hasta que se pone roja y luego la enfría pasándola por agua. Empieza a escarbar la piel.

—Quedate quieta, sacá la cabeza que no puedo ver.

—Pero me duele.

—No te puede doler, si es en la piel nomás.

—Sí que me duele, sí que me duele… Me va a doler, vas a ver que me va a doler.

—Si te quedás quieta te cuento de la nieve.

—… ¿Cómo es?… ¿Suave y blanca como dice el libro?

—Es fría y no es tan suave ni tan blanca, se endurece y se ensucia y a veces hasta parece barro. Pero lo peor de todo es que moja. Es bravo estar mojada con ese frío terrible y los pies duros como piedras.

Ella hace una pausa en el relato, frunce las cejas y entrecierra los ojos verdes con pintitas negras como los de los gatos, agrandados detrás de los vidrios de los anteojos, afanada en la tarea de pescar la espina con la punta de la aguja. Otra vez el silencio gana terreno en la cocina pequeña y se hace denso como el calor de enero. Luego, como si los pensamientos vinieran volando hasta los labios, vaya a saber uno de dónde, como sin pasar por la cabeza, continúa:

—Hacía mucho frío en Italia. Por las mañanas cuando nos levantábamos encontrábamos el agua congelada aunque no hubiera nevado. Se congelaba el agua en los fuentones y había que romper con las manos la capa de hielo que se había formado encima para poder lavar la ropa.

La niña mira las manos que trabajan seguras para aliviarla de la hincadura y trata de imaginárselas jóvenes y enrojecidas por el frío. De alguna manera extraña, la imagen de las manos suaves y jóvenes violentadas a aterirse en el agua helada se transformó para la niña, y para aquella que fue la niña, para siempre, en un símbolo de algo. De alguna manera extraña e insondable, la imagen de las manos y el relato de la abuela se transformaron, para aquella que fue la niña, para siempre, en el símbolo de un dolor.

—¿Y jugaban con la nieve?

—Y... había que cuidarse de no mojar la ropa y los guantes. Pero a veces caía cada nevada que era una maravilla, se ponía el campo blanco y blando, y entonces sí, hacíamos unas bolas enormes y no nos importaba nada que mamá protestara por las mojaduras.

Otra vez los ojos atentos y el silencio en la cocina.

—Es raro acordarse tanto del frío con este calor terrible... Sabés... En los días más fríos de invierno el mejor lugar para no congelarse era el pesebre, y ahí nos metíamos para aprovechar el calor del cuerpo y del aliento de las vacas. Como era el único lugar caliente de la casa nos pasábamos allí las tardes de invierno, cuando no se podía ir a trabajar al campo, con mis hermanas, charlando y riéndonos mientras cosíamos o tejíamos... ¡Qué tiempos!... siempre teníamos algo de qué reírnos. Nos reíamos todo el tiempo, como locas.

—¿Un pesebre?, ¿como el de la navidad?

—Parecido… Mirá la mugre que tenés en los pies. Flor de baño te toca hoy… Bueno, ya está, ahora andá a ponerte un poco de alcohol.

Saltando en una pierna, práctica, de tanto jugar a la rayuela, va hasta el aparador donde se guarda el alcohol.

—En serio te digo, vas a ver. Cuando yo sea grande voy a viajar a ver la nieve y te voy a llevar a vos y a mamá y me vas a enseñar a hacer bolas de nieve… No te rías, en serio te digo, vamos a ir, vas a ver que vamos a ir… No te rías, te digo.

Ella junta las cosas para el mate y sale de la cocina otra vez hacia el sol de la tarde.

—Vamos, traé la torta que ya llegaron los tíos.

Deja la botella de alcohol en el aparador y vuelve saltando en una pierna hasta la zapatilla. Se la calza a modo de chancleta. Sacude la cabeza rubia mientras saca la torta de abajo del aro de tela metálica. La sigue hacia la luz brillante.

—¿Por qué será que siempre te reís si yo te estoy hablando en serio?

Bajo los altos árboles ella pone una mesa pequeña con un mantel blanco y dispone la torta y los dulces mientras todos se acomodaban alrededor.

* * *

Camina rápido arrebujándose el abrigo en ese anochecer del crudo invierno europeo. Camina golpeando fuerte con las botas la acera de la tierra extranjera.

Es navidad.

Apura el paso muerta de frío. Mete las manos en los bolsillos del abrigo demasiado liviano para este clima. Allá debe estar haciendo un calor de locos. Sabe que ella se está muriendo. Sabe que no volverá a verla con vida. Apura el paso en ese atardecer de diciembre en el exilio. La nieve cae lentamente en copos diminutos, le moja el pelo y el tapado y se acumula en pequeños montículos en la calzada hasta alcanzar el cordón de la vereda o, al menos, eso que alguna vez, en otra vida, podía llamar el cordón de la vereda. Sabe que allá cunde la pobreza y la muerte. Sabe que no puede volver. Camina golpeando fuerte con la delgada suela de sus botas argentinas el duro suelo de la acera europea. Aprieta fuerte contra su pecho el libro que compró en una librería de viejo por muy poca plata y que lleva de regalo a lo de sus amigos, otros exiliados, pobres y estuporosos. Habrá algo de comer y un poco de vino. Aprieta fuerte contra su pecho el libro amarillento y apura el paso en el frío anochecer de la ciudad extranjera… ¿Adónde va?…

Apenas conoce las calles aunque hace mucho

tiempo que las recorre. No importa a dónde va. Sabe de dónde viene y sabe que no puede volver. Se sube el cuello del abrigo para tratar de paliar el dolor de las orejas heladas. Quizás alguna vez haya otra niña rubia a quien contarle lo del dolor en las orejas, y la tristeza. Ahora no piensa. Sólo camina rápido apretando el paso en el exilio. Es navidad. Esa mañana recibió la carta retrasada, demasiado retrasada y con signos de haber sido violada, la carta que debió haber llegado hace casi un mes, donde su madre le cuenta que ella se está muriendo, que el corazón ya no le da más.

Aquella que fue la niña camina rápido por la acera extranjera mal iluminada. Apenas queda un rubor en el cielo mientras se cierra la noche a su alrededor. Aprieta contra su pecho el libro amarillento o la botella de vino o la muñeca rusa o el poncho argentino que lleva de regalo para sus amigos, más nostálgicos y disconformes según pasan los años. Golpea fuerte con los pies sobre la acera. Cruza una calle, después otra, después otra. Roza con la punta de los dedos el borde de la carta en el bolsillo. Impensadamente se detiene, se saca uno de los guantes, se agacha y hunde la mano en la nieve acumulada en la calzada hasta el borde del cordón de la vereda. Deja que se enfríe, agachada, las piernas dobladas sobre sí mismas, deja que se enfríe. Ojalá le doliera tanto como para anestesiar

el otro dolor. Ojalá se le congelara la mano ente-
rrada en la nieve, en el hielo, allí, en esa calle solitaria estrecha y oscura, esa noche de navidad solitaria, triste, triste. Se incorpora y se sopla las
manos entumecidas con el aliento cálido. Cruza
dos o tres calles más, cada vez peor iluminadas.
Resbala un poco su suela gastada en los adoquines
húmedos. Mira por encima de su hombro: detrás
suyo no hay nadie. Finalmente llega a una vieja
pensión en los suburbios. Atraviesa el umbral y
sube medio achuchada la oscura escalera interminable. Toca el timbre de la puerta pequeña. Quizás adentro haya una estufa encendida. Y quizás
un poco de vino.

—Puse a refrescar el moscato para una copita
—dice Tonio sentándose a horcajadas en la silla baja y completando la rueda para el mate.

—Ni que fuera domingo.

—¿Por qué no?... Y vos, ¿eh? ¿Vas a tomar una
copita, si la nona te deja?

La niña se relame ante la perspectiva del vino
dulce. Para siempre iba a persistir en ella el deleite infantil por la combinación de torta y moscato.
Domingos y feriados eran días de relativo descanso en el campo y se destacaba con festejo adicio-
nal de vino dulce refrescado en el agua del pozo.

Tonio ponía la botella en un balde, lo prendía del
gancho y lo bajaba lentamente, metro a metro, el
balde bamboleándose en el extremo de la cadena
chirriante con la botella de moscato adentro, lo bajaba despacio, metro a metro, hasta que al fin cho-
caba con el espejo de agua y se inclinaba un poco
mientras se iba llenando. Tonio trababa la cadena
en ese punto y dejaba el balde suspendido en la
fría profundidad un rato largo, hasta que el vino
tuviera la frescura justa para un brindis sin perder
el sabor. Para la ocasión se usaban unas copas pequeñas, con pie azul y franja esmerilada cerca del
borde a las que se llenaba hasta el tope con el líquido dulce, amarronado y fresco. Se disponían las
copas sobre una mesa pequeña y redonda cubierta con un mantel blanco bordado con caminos
avainillados a lo largo de los extremos y de las dia-
gonales. Bajo los altos árboles, o bajo la generosa
sombra del parral en la que zumbaban las abejas
en la tarde calurosa, se sacaba la mesa, el mantel,
las copas finas, los platos blancos y el vino. A la niña se le permitía compartir el brindis en una copa
más pequeña parecida a las otras pero con el pie
transparente. Sorbía lento, cuidando de no apurar
el contenido ya que no le sería dado servirse de
nuevo, estirando así el deleite dulce y áspero todo
el rato que fuera posible, hasta el final, hasta la última gota que lograba pescar metiendo la lengua

en el pequeño cilindro de cristal para alcanzar el fondo suave de una lamida.

En el campo el vino no es incompatible con la infancia. Muchas veces en la cena y aun en los almuerzos, ellos servían en el vaso de la niña, bajo la mirada vigilante de la hermana, un poco del preciado líquido rojo con el que solían llenar hasta el tope sus propios vasos más de una vez en la comida. Tenían la teoría de que el vino fortalecía la sangre, pero las risas con las que acompañaban gesto y palabra daban a entender otra cosa que la niña no comprendía pero que le hacía disfrutar del vino como de un pecado. Ese vino rojo no era dulce como el vino marrón de las tardes, era más áspero, casi amargo y hacía segregar una saliva ácida en el paladar cuando se lo tragaba. Pero la niña se lo tomaba gustosa y jamás se le hubiera ocurrido rechazarlo, se lo hubiera tomado aunque fuese diez veces más amargo porque no se trataba del gusto sino del significado del brindis que se le ofrecía como una complicidad y a través del cual imaginaba ella ingresar, por un instante, en el mundo masculino.

En las tardes de domingo o de feriado, bajo los árboles altos, o en el patio lateral cerca del pozo y bajo los parrales cargados de racimos, o en la ga-

lería de la casa si llovía, alrededor de la mesa ser-
vida y cubierta con un mantel blanco avainillado,
se tomaba moscato dulce mientras la conversación se iba animando a medida que el descanso se
prolongaba en la tarde. Tilio sacaba de su bolsillo
una bolsita de cuero y un atado rojo con papeles
suaves e inusualmente finos y blancos, vertía en
uno de ellos un poco de tabaco y así liaba, pacien-
te, los cigarrillos que, uno tras otro, fumarían él y
el hermano tranquilamente en la tarde calurosa,
formando una pequeña nube azul que habría de
quedarse unos instantes suspendida en la pesada
atmósfera de enero, una pequeña nube azul que
envolvería, en el denso aire cálido de los veranos
del sur del mundo, al pequeño grupo familiar reu-
nido alrededor de la mesa vestida de blanco.

—La vida puede ser muy triste. O muy despiadada. A veces el destino se ensaña con una familia y hace que le toquen las peores desgracias, una tras otra.

María solía hacer comentarios de este tipo algunas tardes mientras merendaban a la sombra. La niña miró a la bisabuela. Había algo en esa mujer que no terminaba de gustarle y que le hacía mantenerse siempre a una prudente distancia. Quizá fueran sus dedos torcidos, o su ojo tuerto, o sus vestidos negros. O quizá fuera que la vejez la volvía extraña y lejana, siempre en un mundo familiar que la niña no conocía y hablando de personas que nunca había visto. Sin embargo, y a pesar de esa reserva, sentía por ella, al mismo tiempo, una recelosa atracción y una inexplicable curiosidad. Solía acechar sigilosa todas las mañanas los movimientos de la vieja detrás de la casa durante sus quehaceres con los pollos y las gallinas.

María sentía esa presencia permanente y callada a sus espaldas, sentía la mirada de esos ojos celestes, con ese aire de familia, parecidos a los suyos, y no le gustaba. Le había ordenado que no apareciera por allí, no fuera a ser que espantara a las ponedoras de sus nidos pero, inexplicablemente, la niña, por lo general dócil a las palabras de los adultos que constituían todo su mundo durante los meses de verano, tendía a desobedecerle y solía entrar atropelladamente en los gallineros llevada por una atracción incontenible. Por alguna razón, también para ella inexplicable, María padecía con fastidio la curiosidad infantil por sus quehaceres. Le molestaba como un acecho o una intrusión. Trataba de espantarla. La espantaba. Pero no había caso, la chica volvía a espiarla todas las mañanas haciendo su presencia inquietante para la vieja mujer. Quizá porque nunca había logrado encariñarse del todo con esa niña que había irrumpido en la vida familiar de un modo inesperado, fruto del pecado de la nieta, esa joven demasiado hermosa, demasiado joven y demasiado tonta. Quizás su hosquedad era un intento de restaurar el equilibrio moral de la familia, quebrado no tanto por el pecado como por el insensato entusiasmo que sintieron todos ante el nacimiento de la niña.

La llegada de la nieta había hecho feliz a la pobre Rosa, como si su vida hubiese mejorado en lugar de empeorar por la vergüenza. Rosa siempre había sido un tanto débil y emotiva, demasiado propensa a dejarse llevar por los sentimientos. Eso no sirve para la vida —pensaba— y menos para educar a una hija mujer. María lo sabía, hacía tiempo que lo sabía. Hacía tiempo que había aprendido a no llorar, a no ilusionarse demasiado y a no esperar justicia de la vida. En la vida se trata sólo de conservar lo que se tiene, los pocos bienes, la moral, las reglas de conducta. Definitivamente la pobre Rosa no había heredado su fortaleza de espíritu ni, por lo visto, sus convicciones morales.

Todos, hasta los hijos varones, se habían alegrado. En cambio para ella ya era demasiado tarde para el entusiasmo, la niña había nacido cuando era demasiado vieja, estaba demasiado cansada y demasiado poco propensa a la ternura. Además, para ser sincera, en el fondo, nunca había terminado de aceptar ese fruto del pecado. No sabía María si estaba bien o estaba mal lo que pensaba pero no se sentía inclinada a cambiar de criterio. Así que cuando Rosa venía para las vacaciones, llegaba con ella un motivo de incomodidad.

Para colmo de males, y de un modo incomprensible dada su hosquedad, la chica se empecinaba en perseguirla. Todo hubiese sido más fácil de haber respetado su territorio y obedecido sus órdenes, pero se notaba que en esa familia nadie lograba educar a las mujeres.

A María no se le escapaba, sin embargo, que la niña también abrigaba hacia ella más de un recelo y que su propia reserva no permitía ningún acercamiento entre ambas, pero no le importaba. Al fin de cuentas ellas no eran de aquí y uno de estos días armarían su maleta con sus vestidos y partirían a la ciudad. Alguna mañana de estas muy temprano, aún con el rocío, en la volanta tirada por los caballos tostados de estrella blanca, por el camino de tierra, doblando el recodo de los corrales bajo el cielo algo violeta de la mañana y el aire húmedo de finales del verano, partiría la pobre Rosa con la chica y ella, María, entonces, podría volver a la intimidad de su rutina con los hijos varones que se habían quedado con ella para trabajar la tierra que les había legado el pobre Luis. Podría volver a la intimidad silenciosa con sus hijos, sin testigos. Podría volver a su preciada monotonía cotidiana, sin sobresaltos, donde todo se repetiría, como en una especie de eternidad arduamente conseguida. El orden de sucesión de los trabajos y de los movimientos de cada uno sería rigurosamente respetado: cada desplazamiento, cada gesto y cada palabra se producirían, cada vez, en su instante preciso, hora tras hora y día tras día, como si ella y los hijos fueran los ejecutantes de un ballet pensado y dirigido por otro.

Pero eso ocurriría después, sólo después, cuando la hija y la niña partieran, por fin, con su maleta de cartón marrón en la volanta, por el camino de tierra hacia el pueblo y le dejaran disfrutar el lento y monótono transcurrir del tiempo de los últimos días de su vida.

Mientras tanto, la relación entre la vieja y la chica transcurría así, con esa mutua aprensión, incomprensible para ambas. Pero un cierto día de aquellas largas vacaciones de la infancia de las que el recuerdo ha logrado borrar su diversidad haciendo de ellas una sola, un cierto día de aquellas largas vacaciones de la infancia, las cosas cambiaron de tono. Andaba la niña una mañana vagabundeando en uno de sus aburridos paseos solitarios por la parte trasera de la casa, entre la huerta y las higueras, tratando de pescar una mariposa por las alas para después hacerse cosquillas en el brazo con las patitas antes de dejarla partir, cuando percibió un movimiento en la zona de los gallineros. Esta vez, en lugar de abalanzarse corriendo, algo que no se puede explicar la hizo acercarse sigilosa. Sólo distinguía el vestido negro de la bisabuela que aparecía inclinada, doblada hacia adelante por la línea de su cintura vencida, con el cuerpo tensado por un gran esfuerzo. Rodeando la pared de la herrería se asomó con cautela para no ser escuchada. Vio a la mujer de espaldas, vestida de negro y doblada en dos con la larga pollera un tanto recogida. Bajo sus pies, un cuenco blanco esperaba. La veía forcejear con algo que se agitaba entre sus manos pero que se ocultaba a su vista detrás de la negra falda. De pronto, el movimiento cesó por un instante y a la niña le quedó grabada, para siempre, una imagen fantástica y aterradora del cuerpo de la bisabuela.

De sus caderas florecieron dos alas de plumas marrones que se extendieron amplias, enormes y agitadas, como si fueran a levantar vuelo llevándose a la mujer por el aire. Luego, de inmediato, a la agitación le siguió la inmovilidad: las alas permanecieron durante un momento, que se hace eterno en el recuerdo, extendidas en toda su amplitud, rígidas, perfectamente inmóviles. Y de entre las piernas abiertas, por debajo del vestido negro, salió, compacto y uniforme, como de adentro del cuerpo, un chorro de sangre roja que cayó en el cuenco blanco.

La niña se quedó mirando con los ojos muy abiertos. Toda la escena había transcurrido en absoluto silencio. Los sonidos del campo se habían apagado. Cuando la bisabuela se dio vuelta vio su rostro salpicado de minúsculas gotitas de sangre y entre las manos una de sus gallinas preferidas, con el cuello doblado, firmemente sostenido por los dedos torcidos, y abierto a lo ancho en un único tajo. La mujer la miró con su único ojo sin decir una palabra, tomó la gallina inerme de las patas y se agachó para recoger el cuchillo que se le había deslizado de las manos, y el cuenco blanco lleno de sangre.

Desde entonces, y aunque ninguna de las dos se diera cuenta, las cosas cambiaron de un modo minúsculo y sutil entre ambas, pero definitivo. Sin saber por qué, la niña ya no se acercaba a la bisabuela para escuchar sus cuentos con la misma frecuencia que antes y hasta evitaba su compañía. Pero lo más extraño es que se le daba por hacerle pequeñas maldades, como robarle los caramelos y bombones que la vieja guardaba escondidos en el fondo del ropero o del baúl de ropa blanca. Cuando María salía para los gallineros, la niña ya no la seguía, aprovechaba su ausencia para revisar esos lugares y perpetrar sus pequeños vandalismos atracándose de los dulces preciados y atesorados, regalo de los hijos o de las visitas, que María racionaba para convidar lo justo y escondía para un disfrute secreto y solitario.

La niña, presa de un impulso incontenible, arrasaba impunemente con los tesoros escondidos.

La bisabuela, por supuesto, siempre se dio cuenta de los robos pero nunca dijo nada, ni una palabra.

—A veces, la fatalidad puede perseguir a una familia. Así pasó con la nuestra. Con mi pobre hermanita y con el hermano del pobre vuestro finado padre.

Otra vez María iba a contar esas historias. Su audiencia las conocía de memoria pero la tarde en que a ella se le ocurría contarlas, todos condescendían un poco resignados a escucharlas de nuevo, quién sabe por qué, si por un excesivo respeto por la figura de la madre o cierta lástima por la vejez y la arterioesclerosis que los llevaba a conceder un poco de su tiempo joven a quien ya se estaba quedando sin ninguno.

—Mi pobre hermana, la menor, Rosa se llamaba, como tú. Era tan hermosa que era una fiesta mirarla, con esos ojos azules y el pelo oscuro y la piel tan blanca que ni el sol la quemaba. El pobre mi finado padre la adoraba, tenía locura por esa hija, se notaba que la prefería y que trataba de ha-

cerle todos los gustos. Y ella le correspondía, tenía adoración por el padre, estaba atenta a cada
una de sus necesidades, lo esperaba, se peleaba
con nosotras para atenderlo. Cuando él venía del
campo cansado, era Rosa la que le traía una toalla
caliente en pleno invierno, lo ayudaba a sacarse
las botas embarradas y a ponerse los zapatos se-
cos o le alcanzaba una taza de caldo aunque falta-
ra todavía para la comida. Cuando él se levantaba
antes del amanecer a menudo se la encontraba a
Rosita en la cocina con el fuego prendido y el té
ya preparado. De todos los hermanos él la había
elegido a ella para que estudiara. A todos nos había dejado en la escuela sólo el tiempo suficiente
como para aprender a leer y a escribir, pero ella
permanecía año tras año aprendiendo todas esas
cosas que sabía. En esa época era mucho sacrificio que un hijo estudiara. El campesino necesita
las fuerzas de la familia para trabajar la tierra y el
hecho de que uno salga se paga con el sudor de todos. Pero mi padre se ilusionaba con que ella alguna vez fuera maestra o trabajara en una oficina
en el pueblo. Y ella era tan inteligente, decía mamá, aprendía todo tan rápido y tan bien que valía
la pena el sacrificio.

La escuela quedaba lejos, en el pueblo, así que
papá le daba uno de los dos únicos caballos que teníamos para que atravesara el bosque y las colinas

hasta el pueblo. Mientras tanto, durante las horas en que Rosa estaba en el colegio había que hacer las faenas del campo a pie. Pero ella respondía. Era una buena alumna y una buena hija. Si él se enfermaba, sólo Rosita quería atenderlo y era ella la que se encargaba personalmente de zurcirle la ropa y de tejerle las medias. Papá nos quería a todos, por supuesto, pero esa chica era su debilidad.

Un día Rosa no volvió de la escuela a la hora acostumbrada, a media tarde. Cuando cerca del atardecer papá regresó del campo se encontró con que el caballo no estaba delante de la casa y con mi madre retorciéndose las manos de preocupación en la cocina.

—Cómo no me mandaste avisar, mujer.

Quedaban pocas horas de luz cuando papá salió a buscarla. Al rato, ya de noche cerrada, volvió por una linterna. Venía con otros hombres, vecinos, a los que había llamado para que lo ayudaran en la búsqueda. Todos estaban serios y apurados y traían antorchas.

Esa tarde María hizo una pausa en el relato.

—¡Qué raro!, tantas veces he contado esto y nunca me acuerdo de mí misma aquella noche, no sé dónde estaba yo. Sé que estaba allí, por supuesto, con todos mis hermanos y mi madre pero no puedo recordarme. Sólo recuerdo las imágenes de los otros. Recuerdo a Petra, mi hermana mayor, callada y ojerosa, trayendo una taza de té para mi madre. Recuerdo a los más chicos temblando de frío y de hambre. Recuerdo a Petra, prendiendo el fuego para hacerles la comida y los chicos jugando con una piedra azul. Qué raro, recuerdo una piedra. Azul. Pero no me recuerdo a mí misma. Recuerdo a mi madre llorar y rezar, rezar y llorar. Recuerdo que nadie durmió aquella noche. Recuerdo que todos esperábamos... Al amanecer, cuando las tinieblas fueron vencidas por la luz gris del alba, en la bruma del cuarto en el que ya no ardían las lámparas vi a Petra, sentada frente a la ventana, mirando fijo hacia afuera, con las manos blancas cruzadas sobre el regazo y el rostro estragado por el cansancio, pálida como una muerta, estaba, Petra, acechando la luz del amanecer. Pero yo no encontraba a mi madre. Giré la cabeza recorriendo la habitación con la mirada: todo estaba en absoluto desorden, las cosas tiradas por ahí, las almohadas en el piso, los más chicos durmiendo amontonados y vestidos sobre las camas. Pero no alcanzaba a ver a mi madre. De pronto, la descubrí. Hincada en el rincón más oscuro, con el rosario en la mano y haciendo equilibrio con las rodillas clavadas en el piso y la frente apoyada contra la pared, rendida, mi madre, dormía.

Por la mañana, el patio de la casa se llenó de hombres y de policías que volvieron a salir hacia el bosque y las colinas. No vi a mi padre durante dos días. Después me enteré de que durante todo ese tiempo no quiso rendirse, no durmió ni comió y siguió buscando aún mucho tiempo después de que ya todos se habían dado por vencidos. Repasó una y mil veces el camino a la escuela y cada centímetro del bosque y las colinas. Mi hermano mayor, que había salido con él, venía de vez en cuando a ver a mi madre y a traer noticias. Pero a él no podía traerlo.

Finalmente regresó, pálido y con un temblor en la boca. No habían encontrado a Rosa. Sólo el caballo, el pañuelo rosado con el que ella se cubría la cabeza y un trozo de su vestido. Esas dos cosas se las llevó la policía como pruebas mientras seguían buscando.

Rosa nunca apareció. Se piensa que la violaron y la mataron. Se sospechó de unos soldados y de un vagabundo que la gente había visto merodear la zona por esos días. A los soldados no los encontraron. Al vagabundo lo molieron a palos y lo metieron en la cárcel pero hubo que soltarlo porque no había pruebas. Nunca se supo cómo la mataron y nadie se ocupó de investigar. Al pobre papá le advirtieron que no siguiera preguntando si no quería tener más problemas de los que tenía, que ellos sabían lo que hacían y que se dejara de estorbar. Mi padre estuvo semanas sin comer y aban-

donó el campo. La familia entera tuvo que trabajar el doble para que no se viniera todo abajo. Después, sin hablar, volvió al trabajo sin descanso.
Pero perdió la alegría y nunca se le fue ese temblor en la boca que le vi por primera vez aquella
mañana.

María calló de pronto como requerida por un
pensamiento. El calor aplastante de la siesta había
cedido un poco y una brisa suave movía apenas las
hojas de los altísimos paraísos bajo los que se reu-
nía, un poco disperso, el pequeño grupo familiar.
Los hermanos fumaban, sentados a horcajadas, los
brazos cruzados sobre el respaldo de la silla, la cabeza algo ladeada, escupiendo de vez en cuando
una brizna de tabaco que se les colaba entre los
dientes. La hermana sostenía aún el mate con una
mano mientras con la otra acariciaba los rizos rubios de la niña que, tirada sobre una silla baja y
apoyando la cabeza en su regazo, a medias escuchaba y a medias dormía. Arriba, el cielo brillante de los veranos del sur del mundo.

—Años después, una tarde, aparecieron dos
policías por la casa. Querían hablar con mi padre.
Pero él no estaba, estábamos mi madre y yo, las
dos solas. Cuando ella los vio, se le endureció el
rostro y el cuerpo se le puso tenso. Salió a su encuentro con un paso corto y trabado, como si un
fuerte viento en contra le impidiera avanzar. Es-

taba pálida. Los hombres se descubrieron frente a ella y le alcanzaron un bulto rosado. Era el pañuelo de mi hermanita y adentro estaban sus huesos blancos. Tuve que sostener a mi madre para que no se cayera redonda al suelo. Cuando papá volvió del campo, al atardecer, encendieron unas velas y velaron los huesos en una caja toda la noche. Al día siguiente los llevaron al cementerio.

Por lo menos tuvieron unos huesos para enterrar, les dijeron. Otros ni esa suerte tienen.

Cuando María terminó el relato ya era hora de levantar la mesa blanca de abajo de los árboles. Los hermanos fumaban, la madre y la hija llevaron las cosas hacia la cocina. A esta hora de la tarde se iniciaba un periodo del día relativamente tranquilo y de descanso. Las mujeres empezarían con los preparativos de la cena y a los dos hermanos no les quedaba mucho trabajo por hacer en el campo. Sólo atender algunos animales, ir a buscarlos para darles de beber y luego, más al atardecer, encerrar a los terneros. Cuando ya la tarde caía, refrescando un poco el aire terrible de enero, las lechuzas tomaban su lugar sobre los postes de alambrado inquietando el anochecer con sus chillidos. La niña deambulaba por ahí esperando la hora en que, habiendo terminado la faena, los hombres, refrescados y limpios se sentaban frente a la casa y encendían la radio… ¡La radio!… Le encantaba la radio: la música, el radioteatro, el noticiero. De pronto, cuando Tonio giraba la perilla del aparato, era como si en medio de la quietud de la tarde, en medio del campo, el mundo apareciera. Como si no se hubiera perdido del todo, como si, encerrado en esa caja marrón cubierta con una carpeta blanca tejida al crochet, de pronto, irrumpiera cantando. Eso que sentía la niña era sin duda la sensación de todos. Los hermanos y la niña, y a veces también la hermana cuando lograba dejar el fogón por un rato, se sentaban alrededor del aparato, en la penumbra del atardecer, mientras la luz del día se apagaba definitivamente y sólo brillaban, alternativamente, en el espacio, las luciérnagas cerca del cielo y las brasas de los cigarrillos cerca de la tierra.

Todos escuchaban la música o las palabras en silencio, con cierto respeto, un poco inclinados hacia atrás en sus sillas bajas, mirando un poco hacia arriba. Cuando de pronto el aparato empezaba a hacer ruidos de interferencia, era casi siempre Tonio el que se inclinaba y movía cuidadosamente las perillas hasta alcanzar otra emisora que se escuchara mejor. La niña amaba todos los sonidos del aparato, hasta las interferencias y los chillidos agudos que hacían los botones al girarlos. Cuando se restablecía la recepción y se estabilizaba de nuevo la voz o la música, todos se ponían contentos, les acometía un regocijo infantil, sonreían y volvían a repatingarse en los respaldos de sus asientos y a mirar el cielo.

Algunas tardes, la radio cedía su espacio a la música en vivo. Tonio era un entusiasta ejecutor de la verdulera que guardaba en un estuche negro dentro del ropero. Algunas tardes, también en el crepúsculo, sacaba del estuche cuidadosamente el acordeón rojo y reluciente, se sentaba frente a la ventana de la habitación de la madre mirando hacia el este donde ya brillaban las estrellas, y allí, en la penumbra de la habitación pequeña, lo apoyaba sobre sus rodillas, lo extendía y lo plegaba rítmicamente apretando con pericia los botones brillantes. Del fuelle colorado, acompañando los soplidos del vaivén, salían los sonidos de los chamamés y las rancheras. La música litoraleña animaba el crepúsculo, bailaba entre los árboles y se perdía en el cielo nocturno. La niña solía bailar en el patio de tierra donde se esfumaba lentamente la luz de la tarde, o bien entraba corriendo en la habitación pequeña para ver a Tonio, en un débil contraluz frente a la ventana, manipular hábilmente su instrumento extrayéndole esos alegres sonidos mientras entrecerraba los ojos para evitar el humo azul que ascendía desde el pucho encendido entre los labios, y acompañaba el ritmo de la música con el talón y las rodillas.

La niña bailaba. El cuerpo flaco y amarronado

por el sol de enero se mecía como las ramas de los
árboles agitadas por el viento, la pollera fruncida
hacía un leve movimiento de vaivén alrededor de
los muslos y dejaba al descubierto las piernas hue-
sudas. La niña bailaba, en fin, golpeando con las
alpargatas el suelo del patio de tierra.

Sin embargo, el baile y la música del acordeón
en el atardecer campesino, familiar y solitario no
termina de ser para aquella que fue la niña un recuerdo alegre sino una mezcla melancólica de regocijo y tristeza. Y no sólo por todo lo perdido.
Había ya en aquel presente, en aquel transcurrir
del tiempo en la soledad del campo, en ese atardecer del día y de la vida de aquellos hombres, una
melancolía que habitaba esa hora del día, aquel
tiempo, la casa pequeña, el patio de tierra, una melancolía que la niña se sentía habitando ella misma tanto como habitaba la atmósfera blanca de
enero. Una cierta angustia hacía presa de su alma
infantil, sobrevenía inesperadamente con el crepúsculo y se acentuaba pesando en el pecho a medida que oscurecía. A pesar de su corta existencia
había aprendido a reconocerla y sabía que con ella
no se podía hacer nada, salvo soportarla y contenerla hasta que llegara —con la noche cerrada y el
silencio de la casa mientras todos dormían, en la

soledad del lecho y con el rostro pegado contra la almohada— el momento de la descarga, cuando lograba dar rienda suelta a un llanto amargo, silencioso y contenido sorbiendo sus lágrimas saladas, insensatas, hasta que se dormía.

Segunda parte

Ella camina por las calles arboladas de la ciudad de provincia con la maleta de cartón marrón en una mano y la manito de la niña en la otra. Camina despacio por la calle arbolada recorriendo las cuadras que separan el apeadero de la casa de provincia con su puerta de rejas verdes y el patio de tierra con parra, manzano y níspero. O de cemento con macetas y rosales.

Caminan las dos, ella y la niña, por las calles sombreadas por otros árboles, altos también, tipas y paraísos. La niña mira hacia arriba, hacia el techo verde sobre las veredas estrechas. En los pisos de baldosa y de ladrillo las hojas, apenas agitadas por el aire leve de la mañana, forman figuras móviles y sombras acuosas como exiguas olas de algún mar o del río marrón que corre allí cerca, liso y ancho, a pocas cuadras cruzando el apeadero hacia el otro lado. Pasando el apeadero en sentido contrario, cruzando la avenida, a poco de andar, se interna uno por un desfiladero estrecho de plantas y hiedras por el que se accede a un declive terroso tan empinado que obliga a bajarlo a empellones frenando con piernas y talones la aceleración que impone la bajada abrupta. Allí, de pronto, está el río: la gran masa de agua marrón, ancha y calma rodeada por la playa amarilla, casi infinita.

La cinta de agua marrón, ancha y calma, corre lenta, casi imperceptible —salvo cuando arrastra camalotes, en cuyo caso se los ve huir aunque sin prisa— hacia abajo, hacia la abertura cada vez más amplia y enorme de la laguna. "Laguna", le dicen, haciéndole poco honor a la gran masa que corre lenta, marrón y majestuosa. Huye, sin prisa, huye hacia abajo. Huye suave y susurrante, hacia abajo, para siempre.

Ese río tranquilo y marrón bordea la ciudad cernido por la arena fina y dorada que más tarde, muchos años después, desaparecerá del mapa y de la vida de los habitantes de la ciudad de provincia, se perderá para siempre la arena fresca y suave entre los dedos de los pies descalzos, la arena que cierne el agua marrón del río en la bajada a pocas cuadras del apeadero, cruzando la avenida grande.

—Es que abrieron las represas del Brasil, hija, y se perdió la playa.

—Negocios del gobierno, querida.

Pero por ahora el río amplio y lento, con su

marco dorado, envuelve la ciudad. El sol recalienta en los rabiosos mediodías la planicie líquida, se mezcla con la superficie parda y la hace brillar, resplandeciente.

—Esplendente —le gusta decir a Emilia, hablando con cierta afectación, como su tía, cuando escapada de la siesta familiar se encuentra con la niña bajo las tipas de la vereda y ambas languidecen mirando el cielo entre las ramas.

Los rayos rebotan en el agua y se reflejan, invertidos, hacia el cielo blanco, o bien se sumergen, cortan el espejo hacia la hondura, atraviesan el agua profunda y clara, amarronada por la infinidad de minúsculos granitos de arena suspendidos, se quiebran, se refractan y se van difuminando hasta perderse del todo en el hondo fondo oscuro. Pero en la superficie parda y ondulante el sol se funde con el agua y la torna leve, gaseosa e invisible, la hace ascender y la deja colgada de la atmósfera recargando el aire de la pequeña ciudad de provincia rodeada de agua, haciendo el clima tan húmedo e irrespirable.

La pequeña ciudad rodeada de agua.

El sol, el río y la arena quedan atrás mientras ellas caminan sin pensar en nada tomadas de la mano por las calles sombreadas. Ocurren. Solos.

No necesitan de nadie para correr y brillar. Podrían no ocurrir, pero ocurren. Allí, a escasos metros, pasando el apeadero, la avenida y la bajada terrosa.

Mientras tanto acá, del lado de los árboles, la niña, que también podría no ocurrir, va, camina, pisando suave las olas marrones en las veredas de baldosa o de ladrillo con las livianas sandalias de plástico en la mañana calurosa y húmeda.

La niña camina tomada de la mano mientras arriba el cielo resplandece, los árboles forman techos verdes y, detrás suyo, el tren parte y el río huye. A veces se suelta de la mano, en el trayecto a casa, de retorno de la visita anual a esa parte del mundo de la que ya se ha olvidado, la de la alfalfa, los higos y la luna. Se suelta de la mano y salta, salta en una pierna o en dos, tratando de no pisar las líneas del dibujo ajedrezado de las veredas en el camino a casa.

Según la hora que se haya hecho, cantan los pájaros de la mañana o chillan las chicharras cerca del mediodía. Empiezan a gritar a eso de las once y ya no paran hasta que el calor de la tarde cede un poco y las ramas de los paraísos traen algo de frescura.

Allí van, o vienen, vuelven, retornan ella y la niña tomadas de la mano, pisando las olas del río.

Apenas lleguen ella desarmará la maleta y se

pondrá a preparar la comida para el encuentro del mediodía. Luego del almuerzo y de lavar los platos se dormirá la siesta.

El ventilador sobre la mesita alta remueve inútilmente el aire de la habitación donde la niña duerme con su madre. Marieta, cansada por el trabajo de la mañana y contenta de volver a ver a su hija, duerme tranquila. La niña mira la piel blanca de la madre joven y ve su pecho subir y bajar de esa manera pronunciada, inusual, que delata el dormir profundo. En las sienes y alrededor de las axilas la madre suda mientras duerme. La niña no duerme, mira otra vez las sombras acuosas esta vez proyectadas sobre la pared por el movimiento de las cortinas de voile agitadas por el ventilador. Afuera gritan como locas las chicharras escondidas en los huecos de los troncos negros de las tipas de la vereda. La niña siempre las busca pero nunca puede verlas.

—¿Dónde están las chicharras? ¿Por qué no se las ve?

Recorre con la mirada cada palmo de los troncos de corteza negra que en los primeros tramos tienen un grosor considerable pero luego se van haciendo cada vez más finos hasta rematar en diminutas hojitas verde claro y pequeñas flores

amarillas. Las tipas, cargadas de verdeclaro, amarillo y chillidos.

Pero del bicho nada, sólo ese grito estridente
que tapa los otros cantos.

Cuando todos duermen no resulta difícil esca-
parse de la habitación en silencio, abrir la puerta
de la cocina, atravesar el patio de cemento, la puerta de reja verde y salir a la vereda. Allí están las altas tipas del verano y la niña puede tirarse en el
pastito, en la frescura de la sombra y quedarse mirando los troncos en busca de los bichos esperando que Emilia, su vecina, también escapada de la
siesta familiar obligatoria llegue con revistas de
crucigrama, o sin nada, para tirarse en el pasto a
mirar los troncos negros.

—No hay caso, no se las puede ver.

Caminan de regreso a casa por las calles arboladas. Es media mañana de un día, cualquiera, en
el que ella ha decidido volverse del campo a la ciudad con niña y maleta. Acaban de bajar en el apeadero donde las piedras del piso pinchan un poco
los pies a través de la suela liviana de las sandalias
de verano y se han puesto a caminar tomadas de
la mano mientras, detrás suyo, el tren parte y, más
lejos, el río huye.

Ella camina bajo la sombra de los otros árboles.
Vuelve hacia su casa donde José las está esperando y las ve llegar sonrientes y vestidas de verano.
Llega caminando despacio por las veredas de baldosa o de ladrillo, bajo los árboles, al encuentro de
su casa y de su otra historia.

La otra historia, la que no se debe a nadie, la
que se hace sin saber cómo.

Vuelve a su casa de la ciudad caminando despacio por la calle arbolada con la maleta de cartón

marrón. Allí la espera el otro patio que ya no es de tierra, sino de cemento, porque el hijo se ha dedicado a modernizarlo, porque un día a Aldo se le dio por arrancar los árboles y la parra, poner la capa de portland y cascotes y luego el alisado.

—Ha quedado muy prolijo —decía José—, lástima la sombra.

Ella, en cambio, que tendía a consentir todo lo que hiciera el hijo, pareció no lamentar la pérdida de los frutales y se esmeró en restablecer el verdor poniendo macetas todo alrededor del patio de cemento: macetas con helechos, malvones y cascadas. Y rosales. En los canteros que el hijo construyó, pensando en ella, contra una de las paredes, plantó rosales. Macetas con malvones, helechos y enamoradas del sol. Y rosales.

—No deja de ser un adelanto. Sobre todo en los días de lluvia.

Cuando llega al otro patio cruzando el umbral de la puerta de reja verde ya no recuerda nada, ni a la madre vestida de negro, ni a los hermanos, ni el olivo ni el pozo. Ella sólo se pone a vivir lo que le toca: los quehaceres de la casa y criar a la niña.

José la espera.

Había sido una casualidad que José llegara aquella tarde de fiesta a la casa de campo en la que vivían todos juntos recién venidos de Italia por segunda vez, la casa grande y vieja que arrendaban porque el padre no había podido comprar todavía la tierra que luego habitarían los hermanos y la madre, para siempre. Esa tierra que no alcanzarían a disfrutar ninguno de los dos, el padre porque no le iba a alcanzar la vida, y ella porque se iba a casar antes de mudarse.

Después, en algunos momentos de su vida ella iba a imaginar, en secreto, sin decírselo nunca a nadie, que ese hecho fortuito de no alcanzar a vivir ninguno de los dos en la tierra buscada constituía otro modo —sutil— de seguir unida al padre, de acompañarlo otra vez, tal como lo había acompañado siempre, sin quejarse jamás, a través del océano, de una patria a la otra, mientras él buscaba empecinadamente encontrarse con su destino esquivo. En verdad, ella, por naturaleza, no era proclive a quejarse. Sabía, con un saber opaco y silenciado, que la queja no ayudaba a nadie, y que, lejos de aliviar, hace todavía la carga más pesada. Y supo —sabe, porque su madre siempre lo dijo— que en la vida a cada uno le toca lo que le toca. Y siempre supo también —sabe— que a ella le ha tocado ser testigo de esa inquietud que el padre padeció sin comprender y que se mantuvo intacta, como una hincadura, a lo largo de la vida de todos. Ser apenas testigo del ansia, que sólo se apaciguaba cuando el hombre se ponía en movimiento arrastrando, como el río desbocado en plena crecida, lo que encontraba a su paso y obligando a lo que estaba a su lado a correr con él.

Ahora, mientras remueve la tierra de las macetas o poda los rosales, casi no piensa en el padre, pero todos los años vuelve a la tierra póstuma, vuelve año tras año en los veranos, a veces con José, a veces con los hijos y luego con la niña.

Muchos años después, cuando ya nadie quedaba viviendo con ella en la casa de la ciudad de provincia, cuando ya no le daba el aliento para subir y bajar del tren, volvería a pensar en el padre que se había muerto joven y en los hermanos que envejecían abandonados en la llanura solitaria. Y después, aún después, cuando los infartos habían quebrado definitivamente su corazón y su memoria, volvió a vivir con los padres y los hermanos en su tierra. Confundía a Marieta con Virginia o con Lucía, o incluso con su madre. A veces, ya consumida, casi fundida en el sillón de mimbre donde la hija la sentaba al atardecer, cuando le traía la comida y le hablaba suavemente, acariciándola, tratando de hacerse escuchar mientras le daba de comer, ella giraba lentamente la cabeza y mirando, no el rostro, sino a través del rostro familiar, frunciendo el cejo, abría los ojos nubosos como si sú-

bitamente le sobreviniera un cierto hálito de lucidez y, como quien atrapa un pensamiento en el aire, le decía con dulzura:

—Mamá, vaya, avísele a papá que está la cena.

—Pero al final no me contaste, ¿cómo se cono-
cieron?

—Ya te dije, fue todo una casualidad.

Había sido una casualidad que él hubiera llegado una tarde, imprevistamente, de visita, acompañando a un amigo de la familia un día que se
cuenta como de fiesta. Había llegado al pueblo vecino, trasladado por el ferrocarril unas semanas,
inusualmente alejado de los recorridos habituales
por las provincias del noreste. El amigo le había
advertido que en la casa de los gringos había cuatro hermanas jóvenes, sin compromiso, una más
linda que la otra. Y allá fueron.

—¿Y ahí empezó todo?

—No. A él lo trasladaron.

—¿Y entonces?

—Y entonces me empezó a escribir cartas.

Ella no sabe, ni aunque se ponga a pensarlo, si lo quiso enseguida, pero sí recuerda el amor instantáneo de José.

"...en el patio de su umilde casita me pareció que nuestros corazones se encontraban"...

Se quedó hasta tarde ese día porque no quería irse del patio de tierra y de los ojos que lo habían cautivado.

Pero al día siguiente volvieron a trasladarlo.

José estaba acostumbrado a ir y venir de un lado para otro arrastrado por el destino de aquí para allá, como una hoja al viento, como se dice, siempre sin saber adónde iría a parar su existencia ni qué podía esperar de la vida. Su trabajo en el ferrocarril consistía en hacer señales y dar paso a los trenes yendo y viniendo por las distintas cabinas desperdigadas por el campo. A pesar de tantos años de labor eficiente nunca le habían asignado un destino fijo. Pero a él no le importaba. No era hombre de necesitar un hogar, no echaba de menos lo que nunca había tenido, así que se dejaba llevar de un lado para otro por la infinita trama de vías férreas tendidas por los ingleses a lo largo y a lo ancho de la enorme tierra del sur.

Iba y venía recorriendo campos y pueblos del noreste, de un lado para otro haciendo señales, sin saber jamás hacia dónde, a través de la llanura interminable, por la compleja trama de vías, hasta recónditas cabinas de señales.

En esa época y por esos pagos los trenes surcaban la llanura deshabitada, así que cuando José llegaba a destino lo esperaban siempre el mismo campo semidesierto, la misma cabina elevada sobre pilotes a la que se accedía por una precaria escalera de madera, a poca distancia una torre alta de hierros en cruz coronada por las aspas planas y oscuras de las señales y, en alguna de las vías muertas del entorno, un vagón en desuso que sería su vivienda. Alrededor, el campo y la soledad. En la cabina solía haber una silla, una mesa que servía de escritorio, un reloj redondo con números romanos y algún telégrafo que en general estaba descompuesto. En el vagón una cama, una mesa pequeña, una cocina y algún armario donde José ordenaba su ropa, los ejemplares de "Caras y Caretas" que le gustaba releer, algunas revistas un poco subidas de tono, el acordeón y los cigarrillos.

En la cabina, después de sacudir la tierra que al día siguiente volvería a acumularse, situaba respetuosamente —en el lugar que considerara más importante— el farol de señales y sobre la mesa los papeles, la pluma y el tintero de hierro negro, apaisado, provisto en los extremos de dos cavidades de vidrio con tapa y en el centro una pequeña escultura de un caballito trotando. Más tarde, cuando él ya había muerto, aquella que fue la niña encontró un tintero parecido en una tienda de antigüedades de San Telmo, y reparó en que aquel viejo tintero que habitaba la casa natal se había perdido, como tanto. Lo compró con la inadvertida intención de subsanar alguna cosa. Quiso engañarse pensando que era aquel viejo tintero que a lo largo de las vueltas de la vida había ido a parar a sus manos. Pero algo se lo impidió: éste tenía un águila con las alas desplegadas en lugar del caballito trotando.

José disponía con esmero sobre el escritorio la pluma, el tintero y los papeles, fundamentales para ocupar el tiempo muerto entre un tren y otro haciendo lo que más le gustaba: dibujar vías de ferrocarril.

Una vez instalado no tenía más que esperar a que se hiciera la hora en que pasaba el tren. Controlaba escrupulosamente el reloj y varios minutos antes ya había movido las señales hacia arriba o hacia abajo, y había hecho los cambios de rieles para que el tren pasara raudo hacia el camino correcto. Él lo veía pasar. Parado al lado de las vías escuchaba el pitido de saludo del maquinista con el que ya se conocían desde hacía años aunque nunca habían cruzado una palabra. Lo veía pasar, vagón tras vagón. Los pasajeros sentados del lado de la ventanilla lo miraban distraídos, o no lo miraban, la vista fija hacia adelante pensando vaya uno a saber en qué. Cuando ya habían pasado todos los vagones, a veces, en el furgón de cola, estaba el guarda que había salido a tomar aire, a fumar o a echar un trago y lo saludaba levantando amigablemente la mano. También lo conocía sólo de vista, de verse así, al pasar, de tren en tren, cruzándose en las distintas cabinas de señales de la llanura chaqueña. Alguna vez, de pura casualidad, supo cómo se llamaba: Mamerto, y era criollo.

Después, ya no había nada que hacer hasta el otro convoy, así que el tiempo se hacía largo sin mucho trabajo ni nadie a mano para echar una parrafada sobre el tiempo, algún vecino o las minucias cotidianas. En los intervalos le daba cuerda a los relojes. Siempre llevaba alguno de bolsillo por si el de la cabina se paraba o se descomponía. Muchas veces, a pesar de haber controlado el funcionamiento todo el día, dudaba de sus relojes ¿habrían atrasado sin que él se diera cuenta? Podía ocurrir, cómo no, que los dos se hubieran combinado en atrasar a sus espaldas, que lo hubieran traicionado impidiéndole llegar a tiempo de hacer los cambios para el próximo tren. Entonces bajaba corriendo la escalera de la cabina y se dirigía al vagón donde solía tener uno o dos relojes más, alguno de pared y otro de mesa. Escrutaba los cuadrantes en la penumbra y recién ahí se tranquilizaba: las máquinas del tiempo seguían funcionando, ni un minuto más ni un minuto menos.

A veces soñaba, cuando dormía, entre un tren y otro, que habiéndose él descuidado, todos los relojes se habían puesto de acuerdo para descomponerse, que a todos se les había dado por atrasar al unísono y entonces, cuando escuchaba el silbato de la locomotora comprendía —un instante después de lo que hubiera sido conveniente— que ya era tarde, que ya ese tren no atinaría nunca más el rumbo. Y era su culpa. Se despertaba sobresaltado y corría a dar cuerda a sus relojes. No dejaba de ser una preocupación, ¿qué ocurriría si el sueño se hiciera realidad, si todos sus relojes se detuvieran o atrasaran de repente? ¿Cómo podría él en medio de la nada saber la hora? A veces, cuando no podía con su genio, se apresuraba a hacer las señales y los cambios para el tren siguiente apenas había pasado el anterior. Así, aunque su peor fantasía se hiciera realidad, aunque él estuviera perdido en un intervalo de tiempo sin marcas, en medio de la nada, la tarea se habría llevado a cabo trascendiendo su meticulosa existencia y el tren se habría encontrado con las señales. A pesar de que todo el tiempo tenía que lidiar con su ansiedad, no le faltaban momentos de alivio y alegría cada vez que a lo largo del día y de la noche alcanzaba a corroborar que el tren y el minutero coincidían: el de las 10 y 12, el de las 14 y 15, el de las 20 y 30...

Pero lo que más le gustaba a José era hacer señales de noche con su farol: un vidrio transparente, uno rojo, otro verde, otro —de yapa porque no servía para nada— con la figura de un caballo alado. Lo usaba para orientar a los trenes en la negrura del campo ofreciendo un pequeño signo luminoso al maquinista que se volvía ciego en la oscuridad que lo rodeaba. Conduciendo el tren lanzado a toda velocidad en plena noche, el hombre no sabía dónde estaba. Un poco más allá de la zona de rieles iluminada por el gran farol de la máquina se abría la noche infinita y ya no se podía saber en qué lugar del camino —o del espacio— se encontraba. El paisaje se tornaba idéntico y uniforme bajo la suave luz de la luna; los pequeños y grandes detalles que de día servían para ubicarse en el trayecto entre un pueblo y otro —alguna línea de eucaliptos, un bosque de espinillos, un molino lejano, un campo arado, el techo de alguna casa— se perdían con las tinieblas que sólo dejaban ver, a los costados de las vías, filas de árboles apenas plateados que escapaban a toda velocidad hacia atrás como tragados por un túnel y, hacia adelante, sólo algunos metros de rieles brillantes. El hombre no podía hacer más que dejarse llevar por la máquina disparada a toda velocidad, como un caballo desbocado, a través del túnel negro, sin ninguna referencia que permitiera atenuar esa especie de temor que en general no llega a formularse, cuando la telaraña de la angustia se enreda en el esqueleto de carne.

Entonces, allí, en medio de la noche, como si fueran pequeñas boyas colgadas de la negrura o como faros vacilantes en el océano nocturno, estaban las luces de José: verde, rojo, transparente.

Nunca devolvió el farol al ferrocarril, se lo quedó para sí porque en el vidrio transparente estaba grabado su nombre: "José Campanna", lo cual constituía la prueba de que era suyo, de que no debía devolverlo. Lo limpiaba con kerosén todos los días para dejarlo brillante y proteger el metal, controlaba la mecha y el encendido de modo de tenerlo siempre listo para las señales. Cuidó toda su vi-

da al mudo testigo de aquellas noches en las que
parado en medio del campo oscuro, negro, a veces sin luna, veía venir el otro farol enorme, brillante, el cíclope rugiente por las vías. Allí estaba,
el hombrecito, de pie ante la máquina imparable.
Pero él no se intimidaba porque ese monstruo po-
deroso que avanzaba tragándose la tierra necesitaba la modesta existencia de José y esperaba sus
señales —pequeñas boyas colgadas de la negrura... Vía libre, cuidado, deténgase.

José siempre hizo bien las señales y los cambios.
Siempre fue un buen empleado del ferrocarril.

Pero a partir de aquel momento, de esa casualidad, de ese festejo en el patio con los gringos ya no le daba lo mismo ir y venir. Quería volver pero las vías no se dignaban a traerlo de nuevo, quería volver pero no sabía cómo hacer porque nunca le había gustado pedir permiso en el trabajo. Entonces compró papel de carta, sobres y decidió usar su pluma para otra cosa que para dibujar vías de ferrocarril. Hasta ese momento, en la pequeña habitación que le hubiera tocado en suerte o en el vagón que a veces le servía de vivienda o en la cabina de señales, mientras dejaba pasar el tiempo hasta el próximo tren, sacaba su pluma y su tintero y dibujaba vías de ferrocarril. Dibujaba vías y vías y vías. Eternas vías paralelas, infinitas, cruzadas, divergentes.

Era como si la pluma de José se hubiera hecho cargo de representar ese mundo paralelo que se extiende, invisible para el ojo cotidiano, sobre la

llanura. Y sobre el papel, enjambres de vías de tin-
ta. En cada hoja blanca, rayada, cuadriculada, en
el papel del pan, en la envoltura del paquete de cigarrillos, a lo largo de su vida, fueron extendiéndose rieles infinitos, multiplicándose en innúme-
ros espacios de capas delgadas, uno sobre otro,
papel sobre papel, como una llanura sobre la otra,
formando un universo denso de líneas, indesci-
frable e invisible para todos, y también para él.

Pero por entonces, en aquel entonces en que
las vías lo llevaban de un lado para otro, cada vez
más lejos del patio de tierra, José dejó de pronto
los dibujos y empezó a escribir cartas, tímidas,
prudentes, ¿qué derecho tenía él de escribirle?, se
preguntaba a veces, y se detenía. Pero luego juntaba otra vez coraje y retomaba: *"Delicada señorita, espero que no tome usted esta carta como una
falta de respeto. Me atrevo a escribirle porque no
puedo hablarle, porque mi trabajo me lleva lejos
pero nececito dirijirle la palabra"*.
Ella se hacía leer las cartas por el mayor de los
hermanos que a veces solía detenerse indeciso
ante un pasaje, no sabía si debía leerlo, si le correspondía atisbar las confesiones de ese hombre
enamorado, la pasión contenida en las letras dibujadas. Pero ella lo miraba fijo y esperaba que

continuara la lectura. *"Le escribo con la esperan-sa de tocar su almita pura…"*

Ella se hacía leer las cartas y esperaba.

"ya demaciado a sufrido mi corazón este si-lencio…"

Un día José logró tomarse unas vacaciones y se apresuró a llegar a la casa vieja, también arbolada. Se puso traje, corbata y zapatos combinados ma-rrones y blancos, comprados para la ocasión. Reu-nió todo el valor que no había tenido en toda su vida —y que a decir verdad nunca había necesita-do— y se acercó a la vieja casa con traje y zapatos combinados para declarársele y pedirle la mano al padre. Ella simplemente lo aceptó y se casó con él sin saber si lo amaba.

Ella todavía no sabe si lo amaba o si lo amó des-pués, pero puede recordar la adoración de José. Es decir, podría recordarlo, si quisiera… En esas tar-des, mientras cultiva los rosales o cuando va ca-minando despacio a buscar a la niña al colegio, cuando prepara el almuerzo o cuando vuelve por las calles arboladas con la maleta de cartón ma-rrón, entonces, podría recordar, ella, si quisiera, la decisión de él, la firmeza de la decisión viril de lle-vársela consigo, adonde fuera, adonde a él le toca-ra ir de un lado para otro y proponerle una vida, otra historia. Ella no sabe si lo amaba entonces o si lo amó después, pero sabe que eligió bien. Eligió la firmeza de esa decisión que la acompañaría toda la vida, acá o allá, en la alegría o en la desdicha, en la angustia y en la duda, en la vacilación y en la zozobra. Estaba allí, al alcance de su mano, la firmeza de ese amor decidido, más fuerte, mucho más fuerte que el hombre débil, tímido y retraído que lo sostenía y que quizá se sostenía en él. Mucho más fuerte que el hombre apabullado por el mundo y la orfandad.

Ahora no necesita recordar cómo han vivido juntos toda la vida, cómo ella lo ha seguido a todos lados —otra vez, ella, siguiendo a alguien a todos lados—, cómo fueron haciendo, sin saberlo, su historia. Y la de otros —el hijo, con los ojos azules del hermano mayor, la hija con los ojos color miel de José— que iban, con ellos, de un lado para otro.

Podría recordar, si quisiera, las cartas, el cortejo, las visitas, el pedido de mano al finado padre. Podría recordar, si quisiera, el casamiento, la fiesta familiar: José de traje y ella con vestido de organza y tocado de encaje y perlas. Todo cosido y bordado por la madre y las hermanas.

Podría recordar…

La historia.

La historia que se va haciendo sin saber cómo.

—¿Me pelás la naranja?

—No puedo. ¿No ves que tengo las manos ocupadas?

—¿Qué estás haciendo?

—Tallarines.

—¿Te puedo ayudar?

—No, esta masa no es como la de los ñoquis, es más difícil.

—¿Y tirarte la harina?

—¿Por qué no vas mejor a buscarte un durazno? Ése si lo lavás bien se puede comer con la cáscara.

—¿Y mamá?

—Duerme.

—¿Todavía?

—Y sí, es su día franco. Está tan cansada la pobre…

—A que no sabés lo que encontré en el cajón del ropero.

—¿Qué?

—La foto de tu casamiento.

—Y cómo, ¿nunca la habías visto?

—No. Nunca me la habías mostrado.

—Qué raro, ¿estás segura vos?

—En serio, es la primera vez que la veo… eras flaquita en esa época…

—No puede ser. Seguramente vos te habrás olvidado de que la viste.

—¿Y el vestido, lo tenés todavía?

—No, lo deshice hace rato… no lo iba a dejar ahí guardado, para que se percudiera. Le hice una pollera a tu madre y un vestidito para vos cuando tenías meses.

—¡Qué raro estaba el nono de traje!

—A tu abuelo nunca le faltaron trajes, ¿no viste en el ropero todos los que tiene?

—Pero no los usa nunca.

—Bueno, porque no se da la oportunidad. Pero los tiene.

—Pero ¿por qué no la pusiste nunca en un marco?

—A ver, correte que no puedo estirar bien la masa…

—¿Te tiro la harina?

—Bueno, dale… ¡No, no tanto!…

—Yo que vos la pondría en el mueble del comedor.

—¿Qué cosa?

—La foto… Quedaría linda puesta en un marco en el mueble del comedor.

—Podría ser…

La masa amarilla cede, elástica, al esmero de las manos y el palote. Las cortinas ya están corridas para apaciguar el resplandor que se va instalando en la atmósfera. En la cocina vuela alguna que otra mosca. Afuera empiezan a gritar las chicharras.

—¿Sabés? Anoche soñé.

—¿Qué soñaste?

—No sé. Era un sueño feo. Soñé que la señorita Aída pensaba que me estaba copiando en una prueba, me miraba mal, enojada y ahí yo me daba cuenta de que nunca más iba a confiar en mí…

El relato abunda en detalles y se hace interminable mientras ella amasa y afuera empiezan a gritar las chicharras.

—Y después, entonces, me escapaba de la escuela. Quería venir a casa pero no encontraba el camino, en vez de venir para acá me metía en lugares raros, galpones y edificios con escaleras enormes… era tan raro…

—Y sí. Así son los sueños.

—Y el hombre que limpiaba la escalera me retaba porque yo para poder salir tenía que pisar lo que él acababa de limpiar, así que yo salía corriendo y él me corría con la escoba… No sé, me hizo llorar el sueño…

—Mirá cómo estás sentada. Así no se sienta una señorita.

—No soy una señorita.

—Bueno, una nena bien educada no se sienta con las piernas levantadas. Andá, alcanzame el otro palo de amasar…

—¿Pero vos me estás escuchando lo que yo te estoy diciendo?

—Pero y claro que te estoy escuchando.

—No. No me estás escuchando si me salís con otra cosa.

—Pero ¿y qué querés que te diga?… Es un sueño.

—No importa. No importa. Yo te estoy contando algo y vos me salís con otra cosa…

—Bueno, bueno… no es para tanto, dale seguí contándome, ¿cómo terminaba el sueño?

—No. Ahora no te cuento nada.

—¿Y al final? ¿Quién te entiende?

Una mosca se posó sobre la masa amarilla y ella la espantó con el dorso de la mano mientras seguía amasando. Miró de reojo a la niña que, apoyados los pies sobre el asiento, escondía la cara entre las rodillas.

—¿Ves? Ahora se deja orear la masa un rato antes de envolverla y cortar los tallarines. Andá, traeme el trapo para limpiar la mesa.

—¿Y mamá?

—Voy a preparar el mate y cuando esté listo la despertamos, después ya va a estar justa la masa para cortar los fideos.

—¿Me pelás la naranja?

—Y dale con la naranja… Bueno, traé un cuchillo y un plato que te la pelo…

En los mediodías cargados de chicharras la niña sale a la vereda y se queda parada o se sienta bajo las tipas mientras ella termina con los apuros del almuerzo.

La calle está completamente vacía. No pasa ni un auto ni una bicicleta. El sol reverbera en el aire y lo hace vibrar formando una cortina brillante que ondula y desdibuja el horizonte.

La niña espera. Mira hacia el este. A cuatro cuadras está la avenida por donde pasa el colectivo que trae a su madre del trabajo. Más lejos, mucho más lejos en esa dirección están el apeadero, la avenida grande y el río marrón que corre solo sin que nadie piense en él. Es pasada la una. La mesa está puesta, la sopa está lista, la radio pasa el informativo del mediodía. Ella y la niña esperan. Ella parada en la cocina. La niña en la vereda mira fijo hacia el este. Está sentada abrazándose las piernas con los brazos, la cabeza ladeada, apoyado el cachete sobre las rodillas. O está parada. O mata el tiempo jugando una rayuela solitaria. El sol y los chillidos se desbarrancan sobre la tierra.

Primero es un punto de color en el horizonte. Luego va tomando la figura conocida: la solera floreada, las sandalias con taco, el bolso blanco. Lenta, al ritmo del andar pausado surge de la atmósfera ondulante, y del recuerdo. Ondula suavemente la seda de la solera sobre las piernas mientras camina.

Un instante más y la imagen se vuelve nítida: el pelo rubio arreglado con permanente a la moda, la piel blanca, la figura joven.

Si está sentada, la niña se pone de pie y aunque el Negro se le adelanta haciendo fiestas y moviendo la cola, la niña abre los brazos y corre por la vereda. Corre, corre, corre. Por la vereda, con los brazos abiertos hacia los brazos de la madre joven que la levantará en volandas, haciéndola girar por el aire ondeando el vestido fruncido, las piernas flacas y las skipis de verano.

La risa.

En el mediodía de la pequeña ciudad de provincia, en la vereda, cerca de las altas tipas, casi en la esquina, la niña gira en el aire sostenida de los brazos por los brazos blancos de la madre joven.

El sol y el chillido reverberan.

"José Campanna" estaba grabado en el cristal transparente. Si se giraba el disco de arriba aparecían otros cristales: el rojo, el verde y el cristal transparente con una figura tallada que dibujaba una silueta en la pared cuando se lo encendía. El farol de señales del ferrocarril, la mitad de la vida de José. La otra mitad, los relojes: el que daba las campanadas sonoras, el redondo de estación de tren con números romanos, el de bolsillo, los de pulsera. Siempre quiso tener un reloj de pie y de campana. Nunca se lo compró. Todos los días limpiaba el farol con kerosén para mantener el metal en buen estado, pulcro y brillante. De vez en cuando, alguna noche, apagaba las luces de la cocina y lo encendía: la luz se proyectaba redonda sobre la pared, con un halo más claro en el centro y los colores intensos hacia el borde. La niña celebraba las luces de colores. El rojo, el verde, el caballo alado, la luz.

Hacia la noche finalmente las chicharras se callan. Ahora desaparecen del todo y sólo dejan, al atardecer, prendido de la corteza negra de las tipas, un esqueleto transparente y vacío. La niña tiene que tironear un poco para desprenderlo y ponérselo sobre el brazo o sobre la palma o enganchárselo en el vestido. Allí queda tieso e inanimado el vaciado del insecto, la pequeña forma vacía y transparente, la figura de la decepción.

Finalmente las chicharras se callan. Sin embargo no logra instalarse un verdadero silencio en la tarde veraniega de la ciudad de provincia, fragante gracias a los malvones y jazmines en los patios y al olor a tierra mojada de la calle recién regada por los camiones de la municipalidad. Ahora el estridor queda a cargo de los grillos y las ranas, bichos también amigos de esconderse para gritar.

Más tarde, cuando se hace de noche, la calle queda iluminada sólo por el farol de la esquina y los árboles hacen otras sombras, sombras distintas, sombras oscuras y ominosas. A veces, en esas noches, la niña tiene que salir a hacer algún mandado, por ejemplo, hasta el almacén de doña Rita a comprar una cerveza que más tarde todos beberán, fría y espumosa resfrescando la cena familiar. Aventurarse por la calle oscura con las otras sombras al acecho es para la niña toda una hazaña. Si tiene suerte, algunos vecinos que han retrasado la cena por el calor están sentados en las veredas, tomando fresco y espantándose los mosquitos con ramas de paraíso, todavía perfumadas a esta altura del año, cargadas de florcitas blancas aliladas con el corazón violeta. O de bolillitas verdes, duras y amargas. Los vecinos sentados en sillones en las puertas de las casas son como postas entre una vereda y otra, entre una sombra y otra, que la niña atraviesa corriendo y apretando fuerte contra el pecho la botella de cerveza vacía, o llena cuando regresa. Pero si se ha hecho más tarde, los vecinos ya no están. Sólo se extiende la larga calle oscura con el farol encendido en la esquina, bamboleándose un poco por el viento. Y las sombras. Y el farol de la esquina moviendo las sombras. Y el ruido de las ranas y los grillos escondidos. Y las sombras.

Pero a la niña nunca se le hubiera ocurrido decir que tenía miedo de ir de noche hasta el almacén de la esquina. En la vida hay que ser valiente, le había dicho siempre su madre.

—Estamos las dos solas —le había dicho— y tenemos que ser valientes.

A veces, algunas noches, cuando vuelve del mandado la niña encuentra la cocina a oscuras, apenas iluminada por los círculos del farol de se-

ñales, grandes círculos luminosos proyectados sobre la pared de la cocina, más claros en el centro y
más intensos en los bordes: transparente, verde,
rojo, otra vez transparente con el caballo alado.

De su vida José no había contado mucho, pero
algunos hechos volvían a menudo en sus palabras:
los padres que se murieron jóvenes apenas llega-
dos de Italia, primero la madre —apendicitis parece— y luego el padre, vaya a saber de qué. Eran muy
jóvenes y se murieron así, de repente, dejando a los
hijos solos. Nadie sabía quiénes eran ni los muertos ni los huérfanos y no había a quién avisar. Algunas personas —vaya a saber por qué— se encargaron de José y de sus cuatro hermanos, pero nadie
tuvo la delicadeza de dejarlos juntos.

Los huérfanos desparramados en la tierra extraña.

Pero Ángela, la hermana mayor que nunca se
había resignado a la destrucción de la familia, los
buscó uno por uno y los fue encontrando.

Le llevó varios años y no fue tarea fácil. Primero tuvo el trabajo de darse cuenta de que sólo ella
podía hacerlo porque no había nadie más en el
mundo a quien pudiera importarle la dignidad de

su existencia y la de sus hermanos, ni nadie que hubiera alcanzado —como ella— la certeza de que no era necesario perderse para siempre. Después tuvo que pedir ayuda porque no era más que una niña con una idea fija.

El hallazgo de José, que estaba de criado en un campo cualquiera, le sirvió de aliento para no darse por vencida y seguir buscando a los otros. Lo había encontrado, por fin, pero no sabía qué hacer con él, no tenía nada para ofrecerle, así que aceptó la sugerencia de la señora de la parroquia de llevarlo a la ciudad y dejarlo al cuidado de los curas franciscanos, en el antiguo convento del sur, al lado del río.

—¿Por qué no les pide la plata que le deben?

—Ya te expliqué que se la pidió el cuñado.

—Pero él sabe que se están haciendo los vivos.

—Sí. Pero es que a ella le debe tanto…

De la infancia José sólo recuerda el campo y el río donde lo criaron. Del mar y del barco no recuerda nada. Durante mucho tiempo Ángela pensó que así como había ido encontrando a sus hermanos, uno por uno, desparramados por todas partes, algún día encontraría una maleta perdida y allí una foto le devolvería el rostro de sus padres. Pero no hubo caso.

El convento de los curas franciscanos, en la parte vieja de la ciudad, en el sur, se inclina sobre la ribera del río donde José aprendió a nadar. Allí pasó lo que le quedaba de la niñez antes de empezar a trabajar, en la época en que no existía la adolescencia. El huérfano, si es pobre, es de por sí humilde y servicial, está acostumbrado a deberle a todos su existencia. Era éste un pensamiento que José nunca hubiese podido formular, pero él no necesitaba pensarlo para sabérselo muy bien. Por eso había sido un buen criado en la estancia, donde entre el dueño y los peones le habían enseñado a servir sin chistar. Y así fue también un buen colaborador en el convento.

En otoño barría las hojas que se amontonaban en los senderos del amplísimo jardín lleno de árboles y plantas extrañas. El hermano jardinero le enseñó a abonar y a trasplantar, a podar el césped y el ligustro y, sobre todo, la técnica del injerto. Como su día empezaba mucho antes del alba, cuando los hermanos se levantaban a orar, se acostumbró a acostarse muy temprano para lograr el descanso necesario, pero también para no gastar en iluminación. Desayunaba frugal en la cocina y luego partía para las faenas de limpieza de los claustros, los baños, el comedor y la cocina. Pasó

bastante tiempo hasta que le concedieron el honor de ayudar a los más viejos en la limpieza de la
iglesia. José se estremecía en la penumbra de las
frías naves de la antigua construcción colonial. La
arquitectura española de la época de la colonia no
se destacaba ni por los grandes espacios ni mucho
menos por el boato. Todo tenía ese toque basto y
hasta improvisado que delata la falta de recursos
y la participación de la mano indígena no entre-
nada en los ornamentos occidentales. Las naves
eran estrechas, los bancos de quebracho mal puli-
do llevaban aún la marca del hacha desde el bosque, las torpes imágenes del cristo y de los santos
denunciaban la impericia del escultor y del pintor.
No faltaban, sin embargo, ciertos lujos, como el
sobredorado y el brocato en el manto de la virgen,
la bóveda dorada y la abundancia de velas.

El niño fregaba con esmero exagerado cada
una de las curvas talladas de los confesionarios,
raspaba con la uña la cera que se acumulaba en los
resquicios de los candelabros, pasaba reverencial-
mente un paño por los pies de los santos. Solía ser
presa de un estremecimiento ante la vista de lo sa-
grado y padecía una constante incertidumbre acerca de la propiedad de sus gestos. Siempre podía
ocurrir que él, sin darse cuenta, hubiese hecho algo ofensivo, indecoroso, sacrílego. Penitente, re-
zaba largo por las noches, quitándole tiempo al

sueño, de rodillas al lado del camastro. Y muchas veces, en plena faena, lloraba, contagiado de las lágrimas del cristo o de la virgen doliente.

Uno de los curas, de los más viejos, el hermano Giovanni, apellidado Brienza, se fijó en él. Quizá porque enterado de su ascendencia se dejó conmover por la desdicha del compatriota, intercedió para que se le enseñara y se le buscara un oficio en el mundo real. Y así fue como José aprendió a leer y a escribir y a los 17 años, con un trabajo en el ferrocarril oficiado por los curas, se consideró pertrechado para siempre.

Ahí empezó a ir y venir de un lado para otro llevado por los trenes, sin saber nunca hacia dónde. Sin embargo, él se sentía seguro. Era la época de los trabajos para toda la vida y allí José encontró por primera vez un lugar donde quedarse. Para siempre.

De modo que por esos años andaba tan contento que casi se olvida de casarse. Ya tenía más de treinta cuando el destino lo llevó vaya a saber cómo y por qué hasta el patio de tierra en la vieja casa habitada por los gringos donde se encontró con las boyas de su vida. Le pidió al padre la mano de la joven y le escribía dulces cartas de amor cuando lo trasladaban lejos por el ferrocarril. *"Mi dulce muñequita cariñosa... Mi gatita de ojos verdes... cómo extraño sus manitos blancas y su silencio..."*

Ajadas las cartas, y amarillas, rotas un poco en los dobleces. Ajadas, amarillas, casi rotas. La mayoría se han perdido. Ella las había guardado a lo largo de los años, en cajas diferentes, llevándolas de un lugar a otro en las mudanzas cuando iban y venían trasladados por el ferrocarril. Allí iban, también, las cartas, en las cajas, de un lado para otro. Hasta que se perdieron.

Aquella que fue la niña estira con cuidado los bordes carcomidos, estira solícita los dobleces desteñidos y lee las letras dibujadas con la pluma, los diminutivos, los errores de ortografía… "*Mi dulce niña de ojos verdes, su almita avandonada y anciosa me estará esperando…*"

A José le gustaba dibujar. Dibujaba vías de ferrocarril y mujeres algo entradas en carne y en años, parecidas a Rosa. Por las noches, mientras Rosa hacía la comida y la niña los deberes, mientras se escuchaba la radio o los demás veían televisión, José dibujaba vías de ferrocarril... Y Rosas... Rosas paradas, Rosas agachadas, Rosas con escoba, Rosas con brazos cruzados. José dibujó hasta su muerte vías de ferrocarril y Rosas y rosas y rosas y rosas y vías de ferrocarril.

En el patio con parra, manzano y níspero, o en el otro de cemento, ella y la niña se sientan en las tardes soleadas de invierno a comer naranjas y mandarinas. Pelan y comen en cantidades tirando la cáscara sobre el delantal que ella ahueca sobre su falda. En las tardes de otoño y de invierno, el sabor dulce y ácido. El delantal, las cáscaras doradas, las gotitas ácidas, el olor pregnante en las manos.

—¿Cultivar gusano de seda?

—Sí, claro. Cultivar gusano de seda.

—¿Como una planta?

—¡Bueno! Cultivar, cultivar, lo que se dice cultivar no es… Se dice cultivar pero no es cultivar… Pero es cultivar.

—…

—Cuando venía la época íbamos todos. Había que cruzar la frontera suiza porque lo cultivan allá y como se necesita gente para la cosecha. Bueno, cosecha, lo que se dice cosecha no es. Pero es cosecha, porque lo sacás de la planta, agarrás el capullo con estos dos dedos, sacás el bicho y lo tirás.

—¿Un gusano?

—Sí. Un gusano.

—¡Ajjj!

—Bueno… un gusano… Un gusanito… él arma el capullo con una baba que larga y ahí se esconde.

—Pobre gusanito.

—Había que ver la cantidad de gente que iba para trabajar con el gusano de seda. Nosotros íbamos todos, la familia grande con los tíos, los primos y los vecinos cruzábamos la frontera en cantidades. En esa época todavía con el gusano de seda se podía vivir, después hasta eso se fue perdiendo con las nuevas telas que aparecieron. ¡Bah!, eso dijeron, pero quién sabe… la cuestión es que cuando ya ni eso tuvimos, papá decidió volver.

—¿Adónde?

—Acá.

—¿Vos naciste allá?

—No. Acá. Cuando tenía trece años nos fuimos y volvimos cuando tenía diecinueve.

—¿En barco?

—Sí. Las dos veces.

—¿Y entonces?

—¿Qué?

—Lo del gusano…

—Bueno, a nosotras nos encantaba ir por el gusano porque cuando una es chica todo le parece lindo, aunque había que trabajar mucho… Lo mejor era el viaje… íbamos todos juntos en carros y si no cabíamos íbamos a pie, la caminata era larga, de varios días, así que llevábamos bolsas con comida que mamá nos preparaba y por cada pueblito que pasábamos se juntaba más gente, porque allá en el norte no es como acá que hay tanta tierra entre un pueblo y otro, allá no sobra la tierra y los pueblitos están ahí nomás, se puede ir caminando de uno a otro. Y hasta se hablan dialectos diferentes.

—¿Qué es el dialecto?

—Cómo se habla la lengua.

—¿Qué lengua?

—La lengua, la lengua… La lengua es la lengua. Yo, por ejemplo, no la aprendí. El único que la sabe es mi hermano Tonio, pero como nadie la habla él tampoco puede… Así que se formaban unas caravanas, tenés que ver… En algún lugar parábamos a comer todos juntos y después hasta se armaba la fiesta.

Para siempre iba a permanecer asociado en ella el viaje y la comida. Por la mañana temprano, cuando partían para el campo, después de peinar a la niña y cerrar la maleta, ella envolvía cuidadosamente la mitad de la torta o de los bizcochitos

que había horneado el día anterior, o de los buñue-
los dulces con pasas —la otra mitad la dejaba encima de la mesa bien tapada con el repasador para
los demás— y los guardaba en el bolso de mano.

—Para el tren.

Así que una vez instaladas ella y la niña en el
banco de madera del vagón, apenas pasaban As-
cochinga, desenvolvía los dulces para una colación
golosa aunque no hubiese pasado mucho tiempo
desde el desayuno.

Después, mucho después, cuando despedía a
su nieta que había decidido abandonar la ciudad
pequeña hacia la capital, armaba paquetes con
sándwiches y frutas.

—Para el viaje.

—Pero no tiene sentido, si yo apenas me subo
al ómnibus me duermo y me despierto recién mañana cuando llego a la terminal.

—No importa. Nunca se sabe cuándo una va a
tener hambre.

Así que la chica, para no desairarla, aceptaba el
don de su desvelo y cargaba con los víveres. Muchas noches, cuando el sueño no sobrevenía de inmediato como ella suponía, cansada de la negrura del camino y de la monotonía de un paisaje
avaro en el que sólo se divisaban las copas negras

de algunos árboles desperdigados, recortadas contra el cielo apenas estrellado —la luna estaba muy alta a esa hora y no se la veía a través de las estrechas ventanillas de aquellos micros—, entonces, cuando el sueño se negaba a hacer más corto el camino y mantener a raya la pregunta acerca de adónde iba, entonces, solía deslizar la mano en su bolso hasta encontrar allí la tersura y la firmeza que la piel de la manzana verde parecía haber absorbido de las manos que la habían acomodado en la bolsita de papel marrón. Luego, la frescura y la dulzura de la carne jugosa de la fruta ayudaban a pasar el tiempo. A veces, después, se dormía.

Pero entonces, en ese entonces, en ese ahora en que las cáscaras doradas se acumulan en el delantal sobre la falda, mientras los otros han vuelto al trabajo o descansan, cuando ella resigna la siesta para comer naranjas y mandarinas con la niña bajo el sol de invierno, después del almuerzo, antes de que la pared de la casa apresure la sombra sobre el patio en las mezquinas tardes del solsticio de junio, entonces, todavía, nadie había partido.

—Tenés que entender.

—Pero, ¿por qué?

—Porque se quedó sin trabajo y ella tiene que trabajar para mantenerte… Vos pensá, te tiene que comprar las cosas para la escuela, los zapatos…

—¿Y por qué no sigue trabajando acá?

—Porque la despidieron, cerró el hospedaje.

—Y por qué no consigue acá?

—Y... no consigue.

—¿Pero por qué se tiene que ir?

—Porque hay una vacante en ese pueblo, es una oportunidad.

—Pero yo no quiero que se vaya, ¡no quiero que se vaya!

—Bueno, bueno, capaz no se va.

Arriba, el sol de otoño. Dorado como una naranja.

—¿Cómo ahora? ¿Ya? Pero vos me habías dicho que faltaba mucho...

La niña acaba de entrar en la casa y ha dejado la bicicleta en el patio y sacado el portafolios del portaequipaje. Está pesado. Desde que la dejan ir y venir en bicicleta ya no tiene que cargarlo como antes de una mano a la otra todo el trayecto, que no es corto, porque Marieta no ha querido mandarla a la escuela pública y eligió para la niña el colegio parroquial del barrio que está un poco retirado, cruzando la vía. Era preferible hacer el sacrificio de llevarla y traerla todos los días caminando las doce cuadras, cosa que ella hizo todos estos años hasta que la niña creció lo suficiente como para ir y venir sola, primero caminando y después en bicicleta. Desde que Aldo le enseñara a andar ese verano se le hace más fácil llevar el portafolios, pero así y todo todavía le saca callitos en las manos porque el cuero de la manija se

resecó con el tiempo y los bordes se han endure-
cido y descamado.

Al regresar de la escuela, en invierno, antes de
disponer de la bici, hacía el trayecto caminando
con sus amigos. La niña era la que vivía más lejos,
así que todos iban quedando en el camino, uno a
uno. Cuando Carlitos Brochero se despedía en-
trando a su casa de tapial bajo y jardín adelante
faltaban todavía cinco largas cuadras hasta llegar.
¿Cuál es la mano más resistente al frío y al calor?,
preguntaba el cerebro mágico. Caramba, la niña
había pensado que sería la derecha, la mano más
inteligente, sin duda, y la más fuerte. Pero no. Era
la izquierda, decía, para su sorpresa, el cartoncito
impreso del lado de las respuestas. No había caso,
cuando uno marcaba con el conector el agujerito
que decía *la mano izquierda* se encendía la luz. Había que rendirse ante la evidencia, no sin contra-
riedad, porque vaya a saber por qué se le había ido
formando ese carácter que le impedía dar el brazo
a torcer, aceptar que se había equivocado, que no
sabía algo, o que no le dieran la razón. La invadía
una especie de amargura persistente que a veces
duraba mucho tiempo, demasiado.

Como cuando se equivocó en el programa de
preguntas y respuestas de la radio. Rosario, Rosario, la ciudad más importante, quién iba a imagi-
narse que había una ciudad más importante que la

capital de la provincia. Si te piden la ciudad más importante de la provincia tiene que ser la capital, pero no, era Rosario, no era Santa Fe como cualquiera podía suponer. Se salvó del bochorno absoluto porque la pregunta tenía dos partes, a y b, y la segunda supo responderla. Pero quedó muy mal. El orgullo herido. Y en casa estaban todos —menos Aldo que la había acompañado porque la audición era de noche—, estaban todos al lado de la radio escuchando el programa. Y ella como una estúpida va y se equivoca. El orgullo herido por partida doble, por haberse equivocado como una estúpida y porque Santa Fe no era la ciudad más importante de la provincia.

Cuando salieron de la estación de radio la noche de primavera estaba cálida pero suave, la gente y los autos iban y venían por el bulevar. Hubiera sido una hermosa noche si no se sintiera como una estúpida con el guardapolvo puesto a esa hora, la vincha de banlon y los zapatos blancos brillosos porque ella le había pasado otra vez renovador esa tarde antes de que salieran para la radio con la esperanza intacta. Hubiera sido una hermosa noche. Que no era común que la niña saliera con Aldo, que él quisiera llevarla a alguna parte. Más bien era completamente insólito. O sea, no había ocurrido nunca. Él entraba y salía de la casa, charlaba en los almuerzos, le cebaba algunos mates cuando la veía estudiando mientras se preparaba para ir de nuevo a trabajar. Por las noches, después de la cena, volvía a salir.

Quién sabe por qué esa noche Aldo la había acompañado quebrando su palabra de no llevarla nunca más a ningún lado después de aquella tarde en el río hace unos años. Seguramente había cedido a los ruegos de ella porque no había nadie que acompañara a la niña a esa hora de la tarde.

Finalmente habría cedido quebrando la palabra que había sostenido todos estos años desde aquella tarde de domingo, en pleno verano, cuando después del almuerzo y a causa del calor, se aprestaba a ir al río a nadar con un grupo de amigos. Ese día fue la niña la que rogó y él terminó cediendo. La niña celebraba el paseo, sobre todo porque no fueron ahí nomás, a la bajada terrosa cerca de casa, sino que se expandieron hacia la playa grande de Guadalupe.

—Mirá. Nosotros nos vamos a nadar. A vos no se te ocurra meterte en el agua, a ver si te ahogás, ¿me entendiste? Te quedás acá y no te movés, ¿me entendiste? Mirá que si no, no te traigo más.

La niña se quedó mirando a los jóvenes entrar corriendo al agua. Muchachos y chicas entraban pateando y tirándose agua con las piernas y las manos unos a otros en medio de risas y griterío. Cuando el agua les llegó a la cintura se pusieron a nadar. La niña los perdió de vista. Se quedó sentada en la orilla un rato largo. El sol le picaba la piel. Se mojó un poco los hombros y la cara. Hizo un castillo de arena. Produjo salpicaduras para ver brillar las gotas. Volvió a sentarse. Se volvió a parar para ver si venían.

A pocos metros un grupo de chicos jugaba saltando desde una canoa al agua. Qué bien la pasaban. Inventaban competencias. La niña los miraba deseosa y divertida. Le ardía la piel de la cara y la de los hombros, tenía la cabeza caliente. Hubiera debido traer el gorro como dijo su madre. Sería de tanto mirarlos que una chica al final se le acercó para preguntarle si quería jugar. Por supuesto que ella quería pero Aldo le había dicho quedate acá. Primero dijo que no, pero se nota que se habrá ido acercando sin darse cuenta porque cuando Aldo llegó como un loco, desesperado de susto y de bronca al corro de niños reunidos alrededor de la canoa dada vuelta, ella estaba completamente integrada al grupo tirándose al agua de cabeza. Incluso había ganado alguna que otra competencia.

—Nunca más, ¿entendiste? Te hago la cruz para siempre. Nunca más te llevo conmigo a ninguna parte. Desobediente.

Aldo no quiso escuchar a sus amigos que le decían que no era para tanto, que se quedara a tomar mate. La agarró de un brazo y sin siquiera secarse la metió en el auto y se fueron. La niña iba muda con la cabeza pegada contra la ventanilla, conteniendo las lágrimas. Fueron todo el camino en silencio.

Marieta estaba saliendo para el trabajo —trabajaba los domingos— cuando llegaron.

—Ahí la tenés. Nunca más en la vida la llevo a ninguna parte.

—Pero, ¿qué pasó?

—¿Qué pasó? Que es una desobediente. Me arruinó la tarde. Eso pasó.

—Pero decime qué pasó.

—Mirá, la cosa es muy simple: yo no quiero saber nada con hijos ajenos, ¿me entendiste?

Marieta se tuvo que ir. La niña lloró sobre la falda de ella. Aldo cumplió con su palabra. Nunca más la llevó a ninguna parte.

Por eso mismo, la niña hubiese querido con toda su alma disfrutar de esa noche en la que iban los dos caminando por el bulevar. Nunca había ocurrido y nunca más volvería a ocurrir el hecho inaudito de pasear los dos solos por la ciudad. Se había sentido muy importante cuando venían para la estación de radio, caminando al lado de él que había vuelto más temprano del trabajo en su honor, para llevarla al evento y estaba fresco, bañado, bien peinado, olía bien y le quedaba bárbara la camisa limpia. Cuando bajaron del colectivo la agarró de la mano para caminar las cuadras que faltaban. La niña, acostumbrada a estar siempre entre mujeres, era feliz. Se sentía importante cuando la gente que pasaba los miraba. La hacía sentir muy importante caminar por el bulevar de la mano de un señor tan joven y agradable y que olía tan bien.

Querés un helado le dijo él a la salida, mirándola de reojo. ¿Podía haber algo mejor que esa noche cálida y perfumada por el bulevar con Aldo invitándola a tomar un helado? Pero no. Estaba la amargura. No, lo siento había dicho el locutor, es incorrecta la respuesta, la respuesta correcta es… Rosario. Y ya no tenía arreglo… ¡Aaahhh! Qué lástima, diciendo todos a coro en casa alrededor de la radio…

La amargura.

El helado ofrecido como un antídoto. Pero no. La amargura tiene que amargar todo.

No. No quiero. Vamos, no seas sonsa, vamos a tomar un helado. Te dije que no quiero.

El bulevar cálido y agradable, iluminado, apenas una brisa. Los palos borrachos florecidos y Aldo tan bien vestido a su lado. Ni siquiera se atrevía a tomarla de la mano. La amargura tiene que arruinar todo.

Así que si no es la mano derecha, si es la izquierda, bueno, ahí está, que se la aguante. Que se aguante la mano izquierda todo el tiempo fuera del bolsillo en la tarde helada. Ya que es tan resistente la señorita...

Tiene las rodillas moradas por el frío. Aunque recién ha comenzado mayo, el sol ya no calienta por las tardes a la vuelta de la escuela y el trayecto en bicicleta se hace difícil viento en contra. Cuanto más se acerca a la casa más ganas tiene de llegar así que pedalea con todas sus fuerzas, aun con las rodillas congeladas. La luz de la cocina está encendida y adentro debe haber pan con manteca y dulce.

La niña se acordaría para siempre de esa tarde en que al llegar de la escuela, después de dejar la bicicleta en el patio de cemento, cargando el portafolios mientras se desataba el moño del guardapolvo tableado abrió la puerta de la cocina y no había leche preparada. Estaban su mamá y su abuela sentadas a cada lado de la mesa con los restos de pan con manteca esparcidos sobre el hule floreado y el mate frío en una punta. Era absolutamente extraordinario que mamá estuviera en casa a la vuelta de la escuela. La niña las miró. Era también absolutamente extraordinario que estuvieran calladas estando juntas.

—Hola.

—Hola, hijita. Sentate.

Hubo también otra tarde que a la niña le quedó grabada en la memoria junto con ésta, una tarde que sin embargo fue completamente diferente. Completamente diferente. Y sin embargo.

Otra fría tarde en que la niña llegó de la escuela, también en bicicleta con las orejas doloridas y las rodillas moradas. Y los callitos en las manos. Sólo que esa tarde la luz de la cocina no estaba encendida, y tampoco había fuego, ni leche con cacao, ni pan con manteca. La niña atravesó la cocina fría y oscura, con el ceño fruncido. Dejó el portafolio encima de una silla y se internó en el comedor en penumbras... ¿Cómo podía estar ocurriendo esto? Mucho tiempo después, casi una eternidad, seguiría pensando, en un conato perpetuo de rebelión, que la vida no tiene derecho a sacarnos lo que deseamos que permanezca inmutable: ella en las mañanas cortando rosas de los canteros para la maestra, ella en la puerta esperando el regreso, ella recortando figuritas del billiken para ayudarla con la tarea. Ella, titubeante y tímida, pidiéndole que le enseñe a leer. La niña le enseñó durante un tiempo pero luego se fue distrayendo, las lecciones se fueron espaciando hasta que un buen día se olvidó del todo de la instrucción. De pronto, una tarde algo pasa y ya nada vuelve a ser lo mismo, aunque vuelva a serlo.

—¡Hola!

—Acá estoy, querida —dijo la voz débil.

La niña entró en el dormitorio a oscuras. Ella estaba tendida sobre la cama, sin taparse, descalza y muy pálida. Se había sacado los anteojos y su rostro lucía diferente.

—¿Qué te pasa?

—Me siento mal.

—¿Qué tenés?

—No sé. Debe ser la presión.

—¿Y qué hacemos?

—Hay que avisarle a doña Margarita que venga a tomarme la presión.

—Pero estás helada, ¿por qué no te tapaste?

—Apenas pude llegar a la cama…

La niña la arropó con unas cobijas y salió corriendo al patio de cemento donde estaba la bicicleta. La casa de doña Margarita no quedaba cerca y cuando iba pedaleando por la calle fría ya caía la noche. Nunca había andado de noche en bicicleta ni sabía muy bien cómo llegar a lo de la enfermera, así que después de errar de casa dos o tres veces, finalmente encontró la fachada amarilla con el jardincito adelante y el perro pequinés ladrando en la entrada. Se prendió al timbre como loca. La vida de ella dependía de ese timbre. Su vida dependía de ese timbre. La vida dependía de ese timbre.

—Quedate tranquila, querida, ya voy.

—No. Ya voy no. Es ahora, venga conmigo doña Margarita, por favor.

—Quedate tranquila, querida, ya estoy saliendo. Acá tengo el aparato, ¿ves? Voy atrás tuyo. Pero lo más seguro es que haya que llamar un médico. Andá vos adelante y pedile ayuda a algún vecino. Yo por las dudas voy a llevar una inyección… Con la presión no se juega…

Los pedales cada vez más duros. Había sido más fácil venir. Ahora había viento en contra. Se le escapaba la saliva por las comisuras de la boca entreabierta. Todavía no estaban asfaltadas las calles y la rueda delantera se encallaba en los surcos. Tiró la bicicleta en la vereda y entró corriendo. La casa estaba completamente a oscuras. Encendió la luz de la pieza. La miró. Ella parecía dormida. Gracias a Dios estaba viva. Sobrevivió. Don Pedro y la señora Cuca ayudaron, el hijo mayor de la señora de enfrente fue en la motoneta a buscar al médico, pero en el interín había llegado doña Margarita, le había tomado la presión y le había puesto una inyección.

—No podemos esperar al médico. Es grave.

La niña se quedó parada en la puerta del dormitorio para no estorbar el ir y venir de la gente que se estaba ocupando. Alguna vecina se dio cuenta de que todavía tenía puesto el guardapolvo con la cinta desatada y colgando atrás.

—¿Tomaste algo vos a la tarde?

Sacudió la cabeza.

—Vamos a mi casa que te hago la leche.

—No.

—Dale. Algo tenés que tomar…

—No quiero.

Los vecinos se fueron yendo. El médico pidió que luego algún adulto se comunicara por teléfono. La niña se acercó al lecho y se quedó mirándola. Ella abrió los ojos y también la miró un momento. Luego levantó las cobijas. En silencio, la niña se metió dentro de la cama con el guardapolvo y los zapatos puestos. Se acurrucó apoyando la cabeza sobre su hombro. Quedó colgando hacia el piso la cinta del moño desatado.

"Querida hija: te escribo para comunicarte que tu madre ha tenido una descompostura aunque ahora ya está bien. Parece que no estaba tomando las pastillas de la presión como debía. Por lo demás estamos todos bien. La nena está bien aunque parece un poco triste. A ver cuándo podés viajar. Bueno te mando un abrazo. Tu papá."

La niña sigue parada en medio de la cocina con el portafolios apretado en la mano derecha y el moño del guardapolvo desatado, mirándolas a las dos que siguen sentadas en torno de la mesa con las migas desparramadas y el mate que se va enfriando.

—Vos me habías dicho otra cosa.

—Sí. Pero me avisaron que ya se produjo la vacante.

—Pero vos me habías prometido.

—Sí. Pero las cosas se dieron diferentes…

—Y vos también me habías prometido.

—Bueno, prometido lo que se dice prometido no. Yo te dije que a lo mejor no se iba.

—Pero vos sabías que se iba a ir.

—Pero hija. Va a ser mejor para las dos porque después yo voy a volver con un traslado y un trabajo fijo.

—Son unas mentirosas. Las dos. Las dos son unas mentirosas.

—Escuchame, yo voy a venir…

—No me importa, no me importa. Andate… sos una mentirosa.

Tiró el portafolio contra el piso y pateó la silla. Dio tal tremendo portazo que se rompió el vidrio de arriba de la puerta. Corrió hasta la pieza y se tiró en la cama.

—¡Pero mijita! ¿Te volviste loca? ¿Por qué hacés esto?

—Andate, mentirosa. Te odio.

"... aprovecho que Tonio va mañana para el pueblo y pasa por el correo para contarte cómo estamos. Todos estamos bien, sólo que la nona tuvo dolor de panza por comer higos calientes. El campo está como siempre pero han nacido terneritos nuevos y a mí me los dejan tocar cuando los traen para encerrarlos a la noche en el cobertizo. Allí gritan un rato largo y la madre también grita desde el campo. Pero los tíos dicen que hay que separarlos porque si no a la mañana la vaca no tiene leche cuando la ordeñan. Igual yo pienso que no debería ser así porque al fin y al cabo la leche es más de ellos que de nosotros.

Cuando me acerco ya es casi de noche y el cobertizo está muy oscuro, sólo se les ven los ojos brillantes y se nota que están asustados. Me dan tanta pena que me paso hablándoles un rato largo hasta que se pone muy oscuro y me llaman para comer. Primero no querían saber nada conmigo y se quedaban alejados en el rincón pero de a poco fueron tomando confianza y ahora se comen la lechuga que yo saco a escondidas de la huerta (no digas nada) y me dejan que los acaricie.

También hay un corderito guacho al que Tilio le da la mamadera y ahora me prometió que me iba a dejar dársela a mí uno de estos días. Es muy hermoso pero también se asusta de nada.

Ojalá haya carta tuya en el correo cuando pase Tonio por ahí. Yo acá cuando me aburro sigo leyendo el libro ese del que te hablé y que encontré en el baúl de la pieza. Es muy maravilloso. ¿Vos sabrás lo que es una jofaina?, ¿y un jeque? Tampoco sé qué es un valí, ni un visir ni un eunuco, pero me encanta cuando habla de los palacios, de los manjares y de las piedras preciosas grandes como frutas, ¿te imaginás un rubí grande como un durazno o una esmeralda como una manzana? Está lleno de magos y de aventuras el libro, y las princesas se visten con sedas y velos y piedras preciosas, y bailan.

No sé si voy a poder terminar de leerlo para cuando terminen las vacaciones pero ya lo forré con papel de envolver para cuidarle las tapas y le puse una etiqueta del mismo papel. Como no teníamos goma de pegar la nona me hizo un engrudo bárbaro. A lo mejor me lo pueda llevar a Santa Fe para seguir leyéndolo allá porque parece que no falta mucho para que nos vayamos.

Te extraño y me gustaría que estuvieras acá para leer juntas el libro o aunque sea que estuvieras en Santa Fe para cuando yo vuelva. ¿A vos cuando te parece que nos vamos a poder ver?

Bueno, te dejo porque se está poniendo muy oscuro y aunque estoy en el escritorio de al lado de la ventana de la pieza ya casi no se ve nada porque se está haciendo de noche.

Ojalá haya carta mañana y si no escribime en otro momento.

Un beso. Tu hija.

PD. Acá me dicen que te mande besos y abrazos de todos.

—Aquí están: la radiolandia, el patoruzito, las de novelas. ¿Y vos qué trajiste?

—El álbum de oro al final no me dejaron. Mi papá los colecciona.

—¿Y las susi?

—Mi hermana no las quiere vender.

—Pero al final la única que pone soy yo y ganamos las dos.

—Tengo una claudia y pongo la soga.

—¡Bah! Una soguita la tiene cualquiera. Vos sos una viva bárbara.

—Lo que pasa, ya te dije, mi papá no compra revistas porque dice que valen tantos ladrillos. Lo mismo que los helados.

—O sea que cuando te comés un helado te estás comiendo tantos ladrillos… con razón estás tan gordita.

—No jodás, che.

—Bueno. Si vendemos las revistas tenés para el helado.

—¿Y vos qué te vas a comprar?

—Todavía no sé. ¿Trajiste la soga al final?

—Acá está.

—Hacele un nudo a ese árbol y yo le hago a éste.

—…

—¡No alcanza!

—Porque le dejaste mucha cola. Hacele un nudo más corto… Ahí va, ahí va… que quede bien tirante.

—No puedo.

—Sos una inútil… Al final todo tengo que hacerlo yo.

—Pero yo pongo las revistas y controlo cuando vos te vas a comer.

—Ahí viene alguien.

—Hola, chicas… ¿Qué están haciendo?

—Vendemos revistas.

—¿A ver qué tienen?

—¿Las novelas a cuánto?

—Un peso.

—Bueno. Dame esta.

—…

—¡Funciona!

Bajo las tipas cargadas de chicharras, cerca del mediodía, hay una soga tendida entre los dos árboles de la vereda con una línea multicolor de revistas colgadas. Sobre el pasto de la vereda las dos niñas juegan a las cartas, a la payana y al ta-te-ti.

A veces la vereda se llena de pequeños lectores oportunistas que aprovechan la exposición para leer gratis.

—¿Y qué tal va el negocio?

—Hay que aprovechar a la mañana. A la siesta no pasa nadie.

—¿Puedo entrar yo también?

—¿Qué tenés?

—El "tony" y "dartagnan".

—Bueno, dale.

Los centavos se amontonan que es una gloria, pero dividido por tres no rinde nada. Además, la mayoría de los chicos vienen a cambiar, no a comprar. Se les fueron terminando las revistas para grandes, los únicos clientes. Se fueron cansando de poner la soga todos los días.

En las pesadas mañanas de verano, bajo las tipas, un rato antes de comer, las niñas se estiran en el pasto y leen susi o supermán. Pasa la señora de la esquina.

—¿Y? ¿Las revistas? ¿Qué pasó, se cansaron?

Nada que hacer. No están hechas para los negocios.

—No me entendés.

—Vos no me entendés a mí.

—¿A vos te parece que no te entiendo?

—Siempre exigiendo.

—No te estoy exigiendo.

—Sí. Sí. Siempre exigiendo. Me tienen harta, todos ustedes. ¿Vos te creés que yo puedo todo?

—No. Pero si yo te decía nomás.

Las voces vienen volando desde la cocina, atraviesan el comedor y llegan hasta sus oídos que comienzan a despertar. Abre los ojos. Entra una luz intensa por las líneas de las persianas. Debe ser tarde. Debe ser sábado si está durmiendo hasta esta hora. Las voces. ¿Con quién está conversando?

—Si hasta el negocio lo cerraste.

—Pero porque no puedo atenderlo y tu padre se confundía con los vueltos. Si hasta le robaron.

—Bueno. Entonces, ¿qué querés que haga? ¿Cómo querés que haga, me querés decir?

Se refriega los ojos. Reconoce la voz y sobrevienen la sorpresa y la alegría. ¿Cuándo habrá llegado? Salta de la cama con la idea de correr hasta la cocina pero el tono de las voces la detiene. Avanza despacio a través del comedor que ya está caliente a esta hora de la mañana a pesar de ser el lugar más fresco de la casa. Escucha.

—¿A vos te parece, la vez que vengo que me hagas esto?

—Pero si yo no te digo nada.

—Sí. Me estás diciendo que haga algo que no puedo hacer.

—Lo que pasa es que soy yo. Soy yo la que ya no puedo.

—¿Cómo que no podés? ¿Qué querés decir con que no podés?

—Es que está creciendo y se me va de las manos. Me parece que te necesita a vos.

—No me lo vuelvas a decir, no me lo vuelvas a decir, ¿me entendés?… ¿Siempre te la acaparaste y ahora me venís con esto?

—¿Cómo que me la acaparé?

—No te hagas la sonsa. ¿O te creés que no me doy cuenta de que te quiere más a vos?

—¿Pero cómo se te ocurre decirme semejante barbaridad?

—La verdad digo, la verdad. Tanto y tanto hiciste que al final conseguiste que te quiera más a vos.

—No seas injusta.

—Ahora yo soy la injusta. ¿Vos qué te creés, que yo no me doy cuenta de que siempre me la quisiste sacar?…

—Callate, qué estás diciendo. Dios te va a castigar.

—Sí. Me la sacaste, me la sacaste siempre, y ahora que las cosas se ponen difíciles no querés saber nada.

El llanto.

Atraviesa el umbral de la cocina. En camisón. Descalza. Hecha una furia.

—¿Por qué la hiciste llorar?

—Vos no te metas que no es cosa tuya.

—Sí que me meto. La hiciste llorar.

—¡Ay, pobrecita la señora víctima!

—Qué necesidad tenías de hacerla llorar.

—Anda vos, defensora de pobres.

—Sos una maldita.

—A mí no me vas a faltar el respeto, mocosa de porquería.

—Basta. Basta. No fue nada. Ella no me hizo llorar.

—Sí. Sí que te hizo llorar y no tiene derecho.

—Te dije que te calles y que no te metas en esto.

—No tenés derecho. No venís nunca y cuando venís mirá lo que hacés.

—¡Ah! ¿Yo no vengo nunca porque no quiero? Pero vos mocosa, ¿en qué mundo vivís?

—Respetá a tu madre, pobre, que trabaja tanto.

—Pero cuando viene mirá lo que hace.

—… ¿Y ahora lloran las dos? Claro, porque yo soy el ogro de la familia… Mirá, al final, tanto sacrificio para venir. Para eso no hubiera venido nada

—¡Y no vengas si no querés!

—Basta por el amor de Dios, basta. Dios mío, Dios mío…

—Perdoname.

—Bah… Vos sabés que yo lloro de nada.

—Es que a veces no sé qué hacer.

—Ya lo sé.

—Si no fuera por vos.

—Vos lo que necesitás es un marido.

—Sí, claro. Con lo bien que me fue con eso.

—Tuviste mala suerte… Pero sola no te podés quedar.

—Qué sé yo.

—Hola, papá.

—Qué tal, hijo.

—Acá andamos.

—¿Cómo andan las cosas?

—Y… tirando.

José mira a su hijo que acaba de llegar de visita. Como todas las mañanas, como siempre, Aldo se daba una vuelta para verlos. Aunque hace tiempo que se ha casado no se fue lejos, de modo tal que todos los días hace un alto en medio del trabajo matinal, y pasa a ver cómo andan y charlar un rato.

Desde que ya no puede trabajar José se levanta cada vez más temprano. Saca el sillón de madera y lona al patio y se queda sentado allí hasta que Rosa se levanta un rato más tarde, como a las ocho, para cebarle mate en el patio de cemento rodeado de planteras con malvones y cascadas y enamoradas del sol. Y en los canteros, rosales.

Rojas, rosadas y blancas, contra la pared del patio, todo alrededor del piso de cemento.

Aunque nunca había dicho nada, él seguía prefiriendo su antiguo patio con el manzano y el níspero. Pero hacía ya mucho tiempo que el hijo había arrancado el manzano, el níspero y el limonero, había sacado la parra que molestaba y se había pasado semanas modernizando todo. Primero alisó la tierra, después hizo el contrapiso con portland y cascotes y luego la capa de alisado.

—¿Ves? Es otra cosa —le había dicho.

—La verdad que sí, quedó prolijo. Lástima las plantas que daban sombra.

—Bueno, en algún momento se pone un toldo y ya está.

Pero el toldo no se había puesto y el patio se recalentaba en verano a pleno sol, relucía desde el mediodía hasta la tarde, y entonces había que aprovechar la frescura de la mañana temprano para sentarse a tomar mate, cuando todavía el sol estaba bajo y la pared de la casa proyectaba su sombra en el piso de cemento.

Como ya casi no quedaba tierra, Rosa puso macetas con malvones, helechos y cascadas. De a poco fue cambiando las plantas: sacó los helechos que no aguantaban el sol y las hortensias que no crecían bien en macetas. Pero los rosales queda-

ron, siempre quedaron, hasta su muerte. Después
que ella murió los rosales se fueron secando.

—Nunca pude agarrarles la mano —decía Marieta—. Sólo ella sabía cultivarlos.

Sin embargo siempre hubo rosas en el altarci-
to que Marieta hizo en su casa, cuando se venció
el nicho y tuvo que llevar la urna con las cenizas
del padre y de la madre a la casa de la ciudad pro-
vinciana donde habían vivido todos juntos. Im-
provisó un altar para la urna con las cenizas en el
que nunca faltaron flores, durante toda su vida, y
en el que siempre hubo una rosa. Como no sabía
cultivarlas se las compraba a un chico que pasaba
todos los viernes por la mañana.

Pero en el patio los rosales se secaron.

"Lástima los nísperos —pensaba ella mirando el piso reluciente mientras removía la tierra
de las macetas y abonaba los canteros—, ¡los daba
tan ricos esa planta!…" Pero igual era un progreso, no se podía negar, sobre todo en los días de
lluvia.

Se fueron acostumbrando a que para aprovechar el patio en los días de verano había que sacar
los sillones bien temprano por la mañana cuando
todavía, gracias a que el sol estaba bajo, la pared de
la casa proyectaba su sombra. O esperar la caída

del sol, después de baldear el cemento para sacarle la locura del calor.

Para los almuerzos de verano usaban la galería que Aldo también había renovado con baldosas amarillas. Allí se sacaba la mesa con hule floreado buscando un poco de aire en los mediodías de la pequeña ciudad de provincia, ardiente y húmeda, rodeada de agua. La mesa con hule floreado, las sillas con asiento de paja, los platos, el hielo, los bifes, la ensalada de chauchas con papas o de tomate con cebolla, la sopa.

—¿Sopa en verano?

—A mí no me quiten la sopa —decía José que acababa de llegar del trabajo y se había puesto camisa de manga corta y un poco de talco en el cuello después de lavarse, por el calor —decía— antes de sentarse a la mesa.

En los veranos, antes de que Rosa y la niña subieran al tren con la maleta de cartón marrón, o después de volver caminando por las veredas sombreadas, la pequeña familia se sentaba alrededor de la mesa para almorzar, al concluir las tareas de la mañana, preludiando el descanso de la siesta antes de volver al trabajo, todos, salvo la niña que estaba de vacaciones, y Rosa que se encargaba de la casa y de la niña.

En la galería con baldosas amarillas, alrededor de la mesa cubierta con hule floreado se sentaban la niña con su madre, Aldo, Rosa y José. Se charlaba de todo mientras se tomaba vino y granadina con soda. Y hielo. Mucho hielo. Se improvisaban unas cortinas para atenuar el resplandor que provenía del piso de cemento y se ponía el ventilador sobre la mesita alta para remover el aire caliente. Se charlaba de todo mientras se comía sandía, uvas o duraznos. El viento del ventilador servía para espantar las moscas de los restos de sandía y derretía el hielo en las cubeteras o en los platos. Se charlaba de todo. Se reía.

Durante todos esos años, antes de que nadie partiera, la cita del almuerzo era sagrada. Todos se apuraban por llegar a tiempo, los mediodías, la una clavada, la radio pasando el noticiero, la sopa preparada. La prisa por reunirse alrededor de la mesa cubierta con hule floreado, en la galería con baldosas amarillas, separada del patio de cemento por una cortina improvisada, en la casa de reja verde que la separaba de las tipas de la vereda, de las calles arboladas, de las veredas de ladrillo, del río ancho y manso hacia el este, y del río estrecho y salado hacia el oeste de la pequeña y ardiente ciudad rodeada de agua.

En la vereda, en las tipas enormes de la vereda, entre los troncos de corteza negra cargados de hojitas verdes y de pequeñas flores amarillas chillan, como locas, las chicharras.

Con el arreglo del patio la niña ha perdido la sombra del parral en los veranos, y también la hamaca que pendía de los hierros donde se enredaba la planta que había volado con la remodelación. Así que en las siestas de verano, cuando logra escapar de la vigilancia familiar, languidece tirada en la vereda bajo la frescura de las tipas, esperando que aparezca su vecina, escapada también de la habitación en penumbras con las hermanas, para estirar juntas el tiempo hasta alcanzar la tarde leyendo historietas o haciendo crucigramas.

Los pájaros callan acobardados por el calor. Sólo chillan, como locas, las chicharras.

—¿Viste que no se las puede ver aunque quieras?

—Tenés que buscar en los huecos.

—Pero no se las ve. No dejan más que el esqueleto vacío prendido del árbol.

—No es el esqueleto, tonta, es la cáscara.

Desde que José ya no puede trabajar se pasa las mañanas de verano sentado en el sillón de madera y lona o en la silla de paja mirando el patio de cemento, los rosales, los malvones… Después toma mate con Rosa mientras el tiempo se escurre hasta la hora del almuerzo. Más tarde comen los dos solos casi en silencio. Marieta no tiene tiempo de venir a almorzar por los dos trabajos, Aldo ya no está y la niña se ha ido de la pequeña ciudad de provincia.

José mira los rosales y los malvones del patio.

Entonces, cuando el hijo viene por las mañanas, en algún momento de la mañana, pero siempre en algún momento, cuando en medio del trabajo se hace una escapadita para verlos, tomar unos mates y charlar un poco de alguna cosa, entonces, José, es feliz.

En la tarde apenas comenzada, a la hora de la siesta, la niña se estira sobre el pastito de la vereda bajo las tipas. Arriba, los árboles enredan sus ramas formando un techo verde y amarillo.

—Mirá cómo te revolcás. Si yo hago eso mi mamá me mata.

—¿Sabés qué me gustaría ser?

—Ya me lo dijiste, astronauta.

—No. Te quiero decir ahora, en este momento.

—¿Qué?

—Chicharra. Así vivo cantando y nadie me ve.

Tercera parte

A veces el campo se pone raro. El día no transcurre inalterado desde la mañana clara y apacible, pasando por el sol rabioso del mediodía y de la siesta hasta el alivio del atardecer sino que de pronto, en algún momento y sin ningún aviso empieza a soplar un viento continuo y abrasador que no procede por ráfagas sino que se instala incesante, caliente, insano.

—Viento norte. El viento de la locura.

—No hay que ir al monte, las víboras se vuelven locas.

—Se vuelven locas, las víboras y la gente.

La atmósfera se seca como si le hubieran extraído hasta la última gota de agua, como quien dice hasta la última gota de sangre, y el paisaje se vuelve ocre, terroso, como si junto con la humedad se hubiese ido el color. Perece todo verdor y se desdibujan las hojas de los árboles, la alfalfa crecida en el campo y la grama de pastoreo detrás de la casa. Todo se vuelve del color del pasto seco, hasta el aire y los rostros.

El viento sopla y sopla, todo el día, a veces varios días, arranca la hierba seca y la hace volar a ras del suelo mientras azota la tierra lisa levantando un polvo fino que se pega en la cara sudada y se mete en los ojos si uno no alcanza a bajar los párpados a tiempo.

Son días en que las mujeres se quedan adentro, no salen más que para lo estricto, como si estuviera lloviendo. Extraño. Tan seco afuera y la conducta se asemeja, sin embargo, a la de los días en que el cielo bendice el verano con la lluvia.

A veces, llueve. Se le da por llover. Después de algunos días en que el calor aprieta juntando agua en la atmósfera, llueve. Cae el agua plácida y piadosa sobre la tierra seca haciendo primero unos pequeños globitos de polvo en la huella de cada gota gruesa, pulposa. Después, la lluvia apretada y fina cae sobre el mundo.

Pero lo mejor son las tormentas. Algunas veces hay tormenta. Durante la tensa expectativa, mientras el día se torna oscuro, el horizonte se va cargando hasta que el cielo parece inclinarse y caer en vertical sobre la tierra, allá, en la línea lejana del horizonte. El relámpago, como un cuchillo, desgarra el cielo y deja en los ojos el resplandor y en el ánimo la espera del sonido demorado.

La tormenta es de los pocos acontecimientos del verano, cuando al cielo se le da por hacer alarde de potencia y tornar al hombre más indefenso todavía. Las ráfagas de viento y agua doblegan los árboles, arrancan las ramas y lavan la tierra. Toneladas de agua se desploman sobre el lomo gacho de los animales.

Mientras, los de la casa cierran las ventanas haciendo más pesado aún el aire en las habitaciones calientes. Con la excusa perfecta para quedarse adentro cada uno se pone a hacer algo más o menos intrascendente: leer, cocinar o mirar por la ventana. Cunde un callado regocijo en el ambiente porque, como afuera amenaza, el hogar anima la ilusión compartida de sentirse —por una vez— a salvo.

En esos casos, aprovechando que su audiencia está inactiva y que no puede escapar, María vuelve a hablar.

—Cuando llueve no hay que salir. El rayo es el diablo.

Llovía a cántaros. María cobró conciencia primero de la lluvia sobre la cara y disfrutó un momento de esa frescura, plácida. Entonces atravesó su mente la imagen del demonio recortado contra el cielo rojo sangre, con su cara siniestra, blandiendo el tridente refulgente contra Dios. El impacto de la representación la despertó. Sintió dos cosas: que el cuerpo le pesaba y que no podía abrir los ojos para que la visión de la tierra conocida le permitiera escapar de la risa del diablo que la tenía prisionera. Movió las manos, sintió el pasto mojado y el barro blando que se le metía bajo las uñas. Moviendo muy lentamente las manos hacia su cuerpo encontró el trapo pesado de su pollera y de su delantal empapados. Estaba tirada en el barro. El lado derecho de la cara le dolía mucho.

Antes de poder abrir los ojos se abrió la visión del recuerdo.

—¿Y los muchachos?

—Salieron a recoger los animales porque se viene la tormenta.

—¿Se fueron? ¿Pero acaso no saben que hay que recoger la siega antes de que el agua haga un desastre? Nosotros solos no vamos a llegar a tiempo.

—¿Quiénes están contigo?

—María y Petra me están ayudando pero se necesitan más brazos. Dígale a los que vayan llegando que marchen para el campo…

—¡Pero Antonio!… ya no hay tiempo, tenemos la tormenta encima…

—¡Maldición! ¡Maldita seas que no me escuchas! Si no recogemos, la lluvia hará un desastre con la cosecha…

María seguía sin poder abrir los ojos, la lluvia que caía era cada vez más pesada. Se daba cuenta, lentamente, de que estaba tendida de espaldas en medio del campo con las ropas empapadas. El lado derecho del rostro le quemaba como fuego, la lluvia le aliviaba el ardor pero caía con tanta violencia que empezaba a ahogarla. Trató de girar la cabeza y el cuerpo hundiendo las manos en el barro. Por la hendija del ojo izquierdo que logró entreabrir, ingresó una línea de luz.

—¡Vamos! ¡Vamos, muchachas! Apuren… ¡más rápido!, ¡Más rápido! que ya empieza la lluvia.

María y Petra corrían de un lado a otro armando los haces, luchando contra el viento que quería arrancarles las espigas de los brazos. Sosteniéndolos a duras penas corrían al lado del padre que los juntaba con la horquilla y, con un movimiento de elevación por encima de su cabeza, seguía cargando el carro.

—¡Pero, padre! Ya no hay caso. Los caballos están demasiado nerviosos… ¡Vayámonos con lo que tenemos!…

El viento desatado y como loco arrancaba las palabras de los labios de María y las llevaba lejos de los oídos del padre, a toda velocidad, hacia la nada…

¿O no sería el viento?

En el horizonte se dibujaba el trayecto del rayo, el odio del cielo descargaba su furor buscando el firme centro de la tierra.

La horquilla dibujaba un semicírculo perfecto y en dirección inversa: desde la tierra hacia el cielo. El campesino no tiene otra alternativa.

—¡Vamos, vamos, muchachas, que le ganamos al tiempo!

Por la rendija de luz que entraba por su ojo izquierdo, María vio primero un bulto, otro cuerpo tendido junto a ella. Pero se necesitaba algo más que la mera imagen para que en la cabeza de María ese cuerpo tendido al lado suyo adquiriera sentido. Dos cosas se combinaron para que eso sucediera: el terrible dolor del lado derecho de su rostro y el estruendo del trueno retumbando en los oídos. Al lado suyo había un cuerpo tendido bajo la lluvia. Es de Petra, decía la señal que venía de su cerebro. Petra. Caída de bruces, bajo la lluvia, inconsciente, con la cara hundida en un charco de barro, Petra se ahogaba al lado suyo.

No hubo pensamiento. Suele no haber. A veces tienen que pasar años para que haya.

Arrastrándose por el barro con media cara ardiendo, haciendo un tremendo esfuerzo por el peso de las ropas mojadas, María tironeó del cuerpo de la hermana, de los brazos y del hombro hasta que logró ponerla boca arriba, hacia el cielo, hacia la lluvia. Entonces sintió, en medio del campo y bajo la tormenta, el silencio. Taladrante. El silencio y la imagen que entraba por su ojo izquierdo la aturdían. Hasta que, de pronto, anunciándose con un sobresalto y un golpe en el pecho, explotó la realidad: Petra, al lado suyo, no respiraba y ella estaba sola.

Se incorporó un poco sobre sus rodillas, como pudo, y se tiró sobre el pecho de su hermana.

Durante las pesadillas, cuando la necesidad de salir de la angustia entra en conflicto con la parálisis del cuerpo atrapado por el sueño, suele haber un instante en que sobreviene una fugaz lucidez para el soñante: la salvación puede provenir del grito. El grito podría desgarrar la trama del tapiz en que estamos confundidos con el fondo, inmóviles figuras sufrientes pergeñadas por la tejedora y congeladas para la eternidad. Pero el cuerpo no se mueve y la garganta no condesciende al esbozo de intención sin pensamiento.

Mientras se tiraba sobre el pecho de la hermana, María esperaba que el grito la sacara del vientre de la pesadilla. Pero sólo la recibía el silencio. Sólo le salía, en una especie de automatismo físico, ponerse de rodillas y tirarse sobre la hermana. Después, convulsivamente, sobrevino el llanto. Más agua.

Y luego, por la hendija, la luz y otra imagen: Petra escupiendo agua y volviendo a respirar. Más llanto.

Todavía arrastrándose por el barro empujó a la hermana por la espalda, sentándola como si fuese una muñeca. Petra respiraba. Abrió los ojos. La miró con una mirada que ¿de dónde vendría?

—¿Y papá? —sonó la voz de Petra entre toses y arcadas.

María no estuvo segura de comprender el significado de esas palabras. Apenas alcanzaba a entender que ella y su hermana estaban allí, empapadas y caídas en el barro, como salidas de la nada. Ambas miraron a través de la cortina de lluvia: al lado del carro volcado y de los caballos muertos estaba tendido el cuerpo del campesino. Todavía sostenía el palo quemado de la horquilla con su mano calcinada. Y en la cabeza, un agujero mortal.

María volvió a ver la cara siniestra del diablo blandiendo el tridente contra el cielo.

—Se perdió la cosecha, los caballos, mi ojo y la vida de mi padre.

—Quizá si no hubiese maldecido —decía mi madre.

—¿Saben qué? —gritaba mi hermano mayor golpeando con el puño contra la mesa—, ¿saben qué? ¿Saben cuál es la maldición? La maldición es la pobreza, ésa es la maldición... El campo es la maldición.

—No digas eso, no digas eso, el campo es la bendición de Dios.

—El campo es la bendición y la maldición.

Sin embargo, la tristeza de la anciana no alcanza a teñir del todo la alegría de la infancia, esa alegría que se conforma con poco: con el color violeta del cielo, con el aire de aventura por la amenaza exterior, con la lluvia sobre los vidrios de las ventanas, o con el barro del patio de tierra que se deja amasar.

Cuando pasa la tormenta, en el campo y en la ciudad, se sale a ver el estrago. El patio de cemento suele quedar cubierto de pétalos de rosas y malvones, hojas de todo tipo y florcitas amarillas. En la vereda, surtido de ramitas negras mientras el agua corre gozosa por las acequias hasta los zanjones. Si la calle es de tierra no se puede ir más allá del pasto de la vereda, pero si está asfaltada se improvisan partidos de fútbol o de pelota-paleta aprovechando que por un rato largo los autos no se atreverán a circular.

En el patio liso de tierra, con el olivo y el pozo,

se forma un barro blando que se mete entre los dedos como chocolate derretido. Se puede patinar mientras los corderos balan y las vacas y los caballos se sacuden el peso del chubasco en el aire todavía violeta oscuro, como el cielo.

A diferencia de la lluvia, el viento norte no trae ninguna alegría. Sopla sin parar. Las mujeres se quedan adentro y allí, entre la madre y las hermanas reunidas, surge, de nuevo, la charla. La charla que una y otra vez vuelve a crear el mundo, como Dios.

A los hombres les toca salir a pesar del mal tiempo. Se los ve, cruzando el patio de tierra y los corrales, flameando las bombachas, con el casco hasta las cejas para protegerse los ojos, hacerle frente al aire ardiente.

Pero adentro, entre las mujeres que cocinan y planchan, la niña vuelve a experimentar la gracia del relato.

—Más de uno se ha vuelto loco con este viento.

—Sobre todo las mujeres, las mujeres no lo aguantan y se vuelven locas.

—Teresita sin ir más lejos.

—Fue un año tan raro ése. El viento norte no paraba, todo el mundo pensaba en el diablo.

—La gente, también, dice cada cosa.

—Bueno. Será. Pero que fue raro, fue raro, no me digás.

—También se dijo que tuvo mal de amores...

—La cuestión es que la pobre Teresita empezó a agitarse a medida que pasaban los días y las noches y el viento no paraba.

—Dicen que quería abrir las ventanas, que no se puede porque se te llena la casa de tierra.

—Empezó con que se ahogaba, con que no podía respirar, se abría la blusa y quería salir afuera. Con mucho trabajo la pobre madre la hacía acostar y le ponía paños fríos de agua de colonia en las sienes y en el pecho, pero era muy difícil tenerla adentro. Había que atajarla entre varios cuando quería salir.

—La fuerza de los locos.

—Hasta que un día parece que se confiaron con que estaba dormida y ella salió corriendo al campo completamente desnuda.

—Te imaginás la vergüenza estando los peones...

—Pero a ella no le importaba nada. Corría enloquecida por el campo, ni sentía las ortigas y los abrojos que se le clavaban en los pies. Iba corriendo, desnuda y con el pelo desatado al viento. Llevaba los brazos extendidos adelante y las manos juntas, como en oración. Algo en la posición del cuerpo, mientras corría, les hizo pensar, a los que miraban, que llevaba alguna cosa entre las manos. Pero de lejos no se distinguía. Los peones la miraban sin saber qué hacer mientras la familia no se daba cuenta de nada

—¿Y entonces?

—Parece que un muchacho joven, un peón que estaba de paso empezó a correrla y le hablaba y le hablaba, pero, claro, no se animaba a tocarla porque iba desnuda...

—Fijate lo que decís que está la nena.

—Pero si no estoy diciendo nada malo. Ella estaba loca, la pobre, y corría desnuda por el campo y él no se animaba a tocarla.

—Te imaginás, la hija del patrón.

—Por lo menos corría a su lado y la iba cuidando mientras los otros fueron a avisar a la casa. Para cuando el padre salió estaba tan lejos que tuvieron que ir a buscarla a caballo. La enlazaron como si fuera un animal, la taparon con una manta y la trajeron a los gritos y retorciéndose.

—¡Pobre chica! Qué espanto...

—Al final la tuvieron que llevar al manicomio porque en la casa no podían contenerla. Se desnudaba y quería salir corriendo o atacaba al padre, lo insultaba y le decía que le había arruinado la vida.

—¿Y eso por qué?

—Andá a saber. La chica estaba loca.

—La cuestión es que una vez que la llevaron al

manicomio; fue el final de la pobre. Ahí la man-
guereaban con agua helada en verano y en invierno hasta que le agarró una pulmonía y no pudieron salvarla. Tenía 17 años.

—Pobre criatura, dicen que en el cajón parecía
un ángel dormido... Si hasta tenía las mejillas rosadas...

—La gente le pasaba la mano por la cara porque
parecía pintada.

—...

—Y al final, ¿qué llevaba en las manos?

—¿Sabés qué era?... Un pollito.

—¡Aaaahhhhh!

—Y no le había hecho nada. Sólo lo llevaba en
las manos, corriendo desnuda por el campo.

—Pobre criatura...

—Para mí fue mal de amores.

—Para vos siempre es mal de amores... Y dale
con el amor. Fue el viento norte.

—...

—Mirá vos. Completamente desnuda... ¡Qué
cosa!

Hacía tiempo que era noche cerrada y que la madre dormía cuando Tilio cruzó la galería hacia la parte trasera de la casa, atravesando el grupo de paraísos en busca de la zona iluminada por la blanca luz de la luna, y encendió un cigarrillo. Miró el campo llano y ralo, plateado por la luna llena. Había tanta luz que los animales pacían confundidos como si fuera de día. Apenas se movió cuando escuchó detrás suyo los pasos del hermano acercándose en la oscuridad y vio venir otra brasa entre los árboles. Eran jóvenes esa noche. Tilio sintió al hermano acercarse despacio y pararse cerca con el cigarrillo encendido, con una excitación que él había aprendido a reconocer en los últimos tiempos y que no era la de los primeros años de juventud, cuando el cuerpo parecía que iba a explotarles durante la noche, y que cada uno aprendió a reconocer en sí mismo y a suponer idéntico en el otro, cuando cada uno escuchaba al otro revolverse en el lecho sin poder dormir mientras sentía en sí mismo latirle el corazón y arderle la cara como una vergüenza repentina, cuando despertaba en medio de la noche preso de esa turbación que se había hecho habitual sin poder reconocer si lo que le había despertado era el propio ímpetu interior o la agitación convulsiva del hermano que, a su lado, y también arrancado del sueño por la irrupción del cuerpo trataba de arrancarse ese furor.

Pero en aquella noche sofocante de verano en la que Tilio atravesó la galería hacia los paraísos del fondo y encendió un cigarrillo en el campo bañado por la luna, en aquella noche en que sintió llegar al hermano con esa agitación desconocida, las cosas eran distintas, se trataba de otra cosa. Tilio fumaba un cigarrillo apoyado en el tronco de uno de los paraísos del fondo de la casa y sentía al hermano acercarse entre las sombras anunciándose por la brasa titilante. Aquella noche, en plena juventud, sentía al hermano inquieto detrás suyo y supo que esa inquietud era distinta. Tonio se quedó de pie apoyado en otro árbol. Fumaba en silencio, al lado del hermano, mirando el campo plateado. No esperaba nada.

—¿Qué vas a hacer? —preguntó Tilio sin volverse, largando una bocanada de humo que quedó flotando entre los árboles.

—No sé. Nada quizá.

—No tenés derecho.

Cuando la niña los conoció, los hermanos frisaban los cuarenta. Para entonces ya todo había pasado, una historia de la cual ella nunca se enteró sino hasta muchos años después, cuando ya estaban muertos.

Ocurrió que Tonio un buen día se enamoró. No se lo esperaba. No estaba en sus planes ni en los de nadie. Él sólo debía quedarse al lado de la madre y del hermano y cuidar la tierra de su padre. Pero se enamoró e hizo todas las cosas mal, según decían las hermanas. Se enamoró de la vecina, la hija menor de los Bar, una linda chica muy joven, apenas salida de la infancia. El tiempo que eso duró Tonio se volvió loco. Hacía salir a la joven por las noches a escondidas de la casa, cuando ya todos dormían, mientras él corría a su encuentro atravesando el campo y el monte enmarañado, con luna o sin luna, a través de la oscuridad, sin ninguna referencia para ubicarse en la espesura, llevado por el viento o por el olor como los perros. Cerca del maizal divisaba el delantal o el chal agitados por la brisa, esperándolo. Al principio no se atrevía a tocarla, sólo le hablaba, le contaba de Italia, de la fiebre del padre, del hermano, de la madre, de su promesa, le decía que no tenía nada que ofrecerle, que la tierra no era suya. Ella inclinaba la cabeza y sonreía tímida y le decía que viniera de día, por la puerta de adelante y que hablara con su padre, que seguramente todo tendría solución. Pero él le decía que no podía, que era imposible, que sólo podían verse así, de noche y a escondidas. Le hablaba cauto y a distancia y le rogaba que por favor no lo dejara, que saliera de noche a escondidas, que se escapara de la pieza donde dormía con las hermanas para encontrarse con él al borde del maizal. Le hablaba y le rogaba. Hasta que un día la tocó. Primero le apretó los brazos con las manos y después la abrazó. Se apretó contra el cuerpo blando y tibio de la joven y ya no pudo prescindir de él. Volvió noche tras noche al borde del maizal a encontrarse con el cuerpo tibio envuelto en un vestido liviano o en un chal de lana. Llegaba y la abrazaba, la apretaba fuerte contra su cuerpo, tocaba su cintura hendida, sus nalgas amplias, la espalda, el cuello, las orejas. Un día le abrió los botones de la blusa. Otro día le subió la pollera.

Corría el gringo torpe y tímido, criado en el medio del campo alejado del mundo, corría todas las noches a través del monte de espinillos, en plena oscuridad, sin ningún punto de referencia, a encontrarse con el cuerpo blando y abundante. La abrazaba fuerte. Se refregaba contra ella. Le abría el vestido como quien descubre un tesoro y se revolcaba con ella en el maizal como un loco. Se tiraba en la tierra y la hacía acostar encima suyo, cuan larga era, para sentirla desde la frente hasta la punta de los pies. Hubiese querido que fuera cien veces más pesada de lo que era para que le cubriera cada centímetro de carne. Hubiese querido que lo aplastara, que fuera como una montaña de tierra encima suyo.

Así volvió, noche tras noche al borde del maizal hasta que una noche se detuvo antes, a lo lejos, a la salida del monte de espinillos, desde donde podía divisar el chal agitado por la brisa bajo la luz blanca. Se quedó parado, mirando la amada silueta, la miraba: primero de pie, quieta, anhelante, luego yendo y viniendo, agitada e impaciente, internándose a veces un poco en el maizal para ver si lo veía venir, corriendo, como siempre, por los surcos y entre las chalas. La vio arrebujarse en el chal, friolenta y luego quedarse quieta pero mirando para todas partes y retorciéndose las manos. La vio sentarse en el suelo mojado por el rocío de la madrugada y quedarse medio dormida, el chal blanco y la cabeza caída sobre el pecho. La vio levantarse lenta y triste, mirando de vez en cuando hacia atrás y encaminarse despacio, sin ninguna gana, hacia la casa, hacia la pieza con las hermanas para no poder dormir.

Él se quedó parado en el lugar, a la salida del monte de espinillos, mucho tiempo después de que se hubiera desvanecido el chal blanco, hasta que la cinta roja del oriente anunció el amanecer.

—Hay que darle de comer a las vacas —pensó.

Dicen que hizo lo mismo durante semanas: llegar hasta el borde del monte a ver la silueta lejana. La vio esperar durante horas, la vio sentarse en el suelo mojado, la vio tirarse en el pasto a llorar. La vio a lo lejos desesperarse y sufrir. Se quedaba horas después que ella hubiera entrado en la casa. Volvió noche tras noche hasta que ella un día no salió más de la pieza donde dormía con las hermanas a esperarlo al borde del maizal. Volvió muchas noches, muchas noches para ver la ausencia del chal agitado por la brisa al borde del maizal.

Dicen que ella lloró durante meses, hasta que se casó con el alemán.

Fuera de las suposiciones de las hermanas, en verdad, nunca se supo si él se arrepintió.

A pesar de todo, nada cambió demasiado en esa zona de la llanura. Apenas alguna diferencia en los hábitos de Tonio que empezó a andar a caballo y salir a galope sostenido por el campo. Hasta aprendió a domar potros como un verdadero gaucho. Imprevistamente se compró un caballo que no servía para los trabajos del campo ni para el tiro, sino sólo para montar. Fue ése el único lujo que se dio en la vida. Era un caballo alto y de patas fuertes que resultó un poco arisco y que sólo se dejaba montar por él. El Moro, lo llamó. Por las tardes, cuando ya había terminado la faena del día, se lo veía a Tonio, con el cigarrillo entre los dientes, enfilar con el apero hacia el corral de adelante donde estaba el Moro. Se le acercaba despacio mientras el caballo se movía un poco nervioso y miraba de reojo agrandando la mirada, ladeando la cabeza y pegando unos pequeños saltitos en el lugar como conteniendo las ganas de escapar, impedidas por la cercanía de la voluntad del amo. Tonio no cambiaba el ritmo de su paso, seguía acercándose despacio al animal inquieto que al darse cuenta del abordaje se agitaba en un conato de resistencia a la que no podía darle lugar pero que tampoco podía evitar porque no era un caballo dócil. Cuando la distancia se había acortado lo suficiente ya el Moro no había escapado y Tonio estiraba la mano hacia el cuerpo vibrante del potro

hasta alcanzarlo. Una vez que lograba tocarlo ya
estaba, ya la voluntad del animal era suya y empezaba entonces una lenta caricia: por el lomo, siempre a pelo, las crines, la cara alargada, pasaba los
dedos entre los ojos temerosos, rodeaba con su
mano el hocico húmedo y le obligaba suavemente a abrir la boca reticente para ponerle el fierro del
freno. Luego, otra vez la mano hacia arriba para
ajustar las riendas detrás de las orejas y después
hacia abajo por las crines, el lomo vibrante donde
ponía la montura y luego seguía la caricia recia y
firme por las ancas prietas. Cuando las manos de
Tonio se internaban en los ijares tibios el caballo
ya no se resistía y se dejaba atar las cinchas de la
montura a través del pecho amplio y el vientre
abultado. Entonces Tonio, vibrante él también por
el dominio ejercido sobre ese cuerpo potente y vi-
goroso sostenía las riendas con la mano firme, cal-
zaba el pie izquierdo en el estribo y se sentaba
triunfante en la montura, el cuerpo tenso y ergui-
do, rodeaba el otro cuerpo caliente con sus piernas apretándolo con los muslos y las rodillas y
azuzaba con los talones al animal que empezaba a
moverse, primero en un trote suave y luego, ante
la insistencia del hombre, largándose al galope a
campo traviesa hasta cansarse, hasta que el ímpetu viril del jinete se apaciguara y decidiera volver
cansado, sudado y calmo, y devolver el potro a su

corral hasta que, en otro atardecer, reanudara Tonio, lento y firme, la conquista.

Fue el único animal al que le perdonó la vida
cuando se puso viejo y ya no servía para nada. En
el campo los animales no envejecen, se sacrifican
antes. Lo que no sirve para trabajar el campo debe
morir, sostuvo Tonio toda su vida. Pero al Moro,
Tonio le perdonó la vida. Lo dejó envejecer en la
llanura, volverse lento, enfermizo y medio ciego.

Tilio construyó un pequeño taller de herrería
en el amplio patio trasero y montó una fragua y un
yunque. Se lo podía ver allí en ocasiones poniendo el acero al rojo vivo. Se lo podía ver golpeando
el metal incendiado con la maza. Se lo podía ver:
el hombre alto y fornido, sin camisa, vestido sólo
con una camiseta que dejaba ver los fuertes brazos
desnudos, modelando el trozo de hierro incandes-
cente. Se lo podía ver, a los golpes, hacer condes-
cender la terrible dureza del hierro a la forma familiar de hoja de arado o de cuchillo.

Por lo demás siguió siendo siempre un hombre silencioso.

—¿Sabés cuál ha sido el error de mi padre? —preguntó Tonio en la tarde de finales del verano mientras caminaba por el campo, lejos de la casa, aplastando con el yute de la suela de las alpargatas la grama amarilla quemada por el sol. Ni siquiera miró al sobrino que lo seguía un poco rezagado llevando al hombro la escopeta con la impericia propia del joven de ciudad. Ni siquiera lo miró pero sabía que lo estaba escuchando.

Aldo había llegado imprevistamente de visita ese domingo cerca del mediodía, con la intención aparente de verlos a todos y aprovechando —dijo— que estaban ella y la niña se había dado una vuelta, pero, en realidad —ellos se dieron cuenta— el joven había venido para otra cosa. Había estado inquieto todo el almuerzo, como quien tiene algo en la garganta, así que a nadie le sorprendió

que más tarde, mientras tomaban vino y fumaban
bajo la parra, y evidenciando que había juntado el
coraje que buscaba, Aldo se puso a hablar... Habló de la necesidad de modernizar el campo, de
comprar máquinas y herramientas y de contratar
gente para las faenas, dijo que la plata se podía
conseguir en los bancos y devolver a plazos, que
ellos se estaban poniendo viejos y que ya no les
iban a quedar fuerzas para tanto trabajo y que si no
se moderniza el campo no rinde y que todos están
preocupados por ellos y que qué ganan con ser tes-
tarudos. Ellos escucharon fumando y bebiendo.
Después Tilio sirvió unas copas de moscato y la
madre y ella trajeron torta y uvas dulces, y ellos
primero callaron y luego bromearon hasta que Aldo a su vez se fue callando, contrariado y descon-
certado, pero disuadido de que no debía seguir.
Aunque no estaba seguro de comprender, podía
atisbar la superficie de lo que ocurría: que esos
hombres maduros y toscos, en su viril oposición
y en su hosca reticencia defendían una convicción,
sostenían una posición dirigiendo cada uno de sus
actos en el mismo sentido: mantener el mundo in-
tacto, fuera del tiempo. Se mantenían firmes en
eso con la fuerza de la necesidad o de la pasión,
aunque sin apasionamiento.

—Escuchen... es el progreso. No se puede ir
contra la corriente...

—El progreso… —dijo Tonio con una media sonrisa y esa su típica ironía campesina que el sobrino conocía tan bien—. Quedate tranquilo, hijo. Tenemos todo lo que necesitamos.

Aldo sintió que los tíos le sacaban la posibilidad de ingresar en sus vidas con el mismo gesto firme y suave con el que un padre retira al niño que se le prende de los pantalones para poder proseguir con su camino. Prefirió callar, quizá se resignó pensando que hizo lo que pudo o quizá pasó rápido por su cabeza el recuerdo del breve diálogo con su madre cuando lo recibió alegre de verlo esa mañana: "No va a haber caso, hijo, no va a haber".

Después del moscato, de las uvas, de la torta y de algunos mates, Tonio entró en la casa en busca de la escopeta cargada y llevó al sobrino a cazar pichones. Los pichones cruzaban en bandadas el cielo azul en las tardes de verano. No muy lejos de la casa se les podía apuntar a cielo abierto, eran blanco fácil.

Ella vio partir al hermano y al hijo hacia el campo por la parte trasera de la casa y supo cómo sería. Después de un rato se vería venir por el horizonte la nube gris de los pichones y enseguida el estampido de los disparos haría estallar en pedazos el silencio de la tarde. A ella le parecería poder escuchar el batir de las alas y la súbita inmovilidad de la muerte como si fuese un sonido, seguido del ruido sordo que produce el choque de los cuerpos moribundos contra el suelo. Más tarde llegarían los cazadores con bolsas llenas de decenas de cuerpos todavía tibios bajo las plumas. Ella y la madre se encargarían de desplumar los escuálidos cuerpecitos, degollar, sacar los perdigones y guisar mientras la niña alternativamente escaparía de la cocina para no ver o se quedaría inmóvil sin poder dejar de mirar. Ella sabe cómo será, sólo que esa tarde hay la presencia inusual del hijo menor que vino queriendo ayudar a los hombres que envejecen en la difícil llanura y en quien ella vio, con sus propios ojos, cómo se fue apagando el entusiasmo, como la tarde.

—¿Te quedás a comer, hijo?

—No, mamá. Si salgo ahora llego a casa para la cena.

Al atardecer Aldo abrazó fuerte a todos, alzó y besó a la niña, subió al automóvil y partió. Todos se quedaron parados en el patio de tierra, en silencio, siguiendo con la mirada las vueltas del auto azul por el camino hasta que se perdió de vista.

La pregunta sonó fuerte en el silencio de la tarde y sorprendió a Aldo que no se la esperaba. Guardó silencio, convencido de que no era él quien tenía que responder.

—... su único error?... Creer que la vida alcanza para todo, para ir, para venir, para volver a partir… Y la vida alcanza para muy poco, para una o dos cosas, un trabajo, una casa, una familia, algún amor… Pero especialmente no alcanza para vivir dudando. Y mi padre vivió dudando.

—Dice mamá, sin embargo, que el abuelo siempre sabía lo que hacía.

—Ella no lo pudo entender. Hay ciertas cosas del hombre que una hija mujer no puede entender. Vos sos muy joven todavía pero yo lo pienso mucho al finado padre, y ahora que me acerco a su edad, comprendo. Comprendo pero desacuerdo. Él vivió dudoso de lo que tenía y el que duda de lo que tiene termina despojado.

—¿Quién te dice que al final no tuvo lo que quería?

—Él nunca supo lo que quería. Y su cruz fue que ni siquiera se pudo dar cuenta de eso. Al final, antes de morir quiso pensar que lo había logrado, se murió pensando que lo había logrado. Por eso Tilio y yo se lo cuidamos, si no, ¿cuál sería el sentido de la vida del finado padre?

—Pero y ustedes…

Tonio lo interrumpió como si le estuviese leyendo la mente:

—Sí. Ya sé. Todo el mundo cree que es mejor tener una mujer que elegir a la propia madre y al propio hermano.

—Bueno, pero tu madre…

—Se va a morir pronto, ya lo sabemos… Mirá, el tiempo que le quede y que nos quede es lo de menos, lo viviremos hasta la última gota, como quien dice. Cuando se quiere a alguien se lo acompaña hasta la muerte, y también durante la muerte. Así fue con el finado papá y con el finado tío y así será con nuestra madre, cuando uno quiere a alguien no lo deja solo cuando se va a morir.

Tonio miró el cielo que había empezado a perder su brillantez cegadora. Miró hacia el noreste, de donde seguramente vendrían las bandadas. Se sacó la gorra y se pasó el antebrazo por la frente y la calva para secar el sudor que corría hacia los ojos azules.

—Todo el mundo le tiene tanto miedo a la muerte… Me hace gracia… como si no nos estuviéramos muriendo todos los días.

Sacó los Colmena del bolsillo y encendió uno raspando el fósforo de cera contra la caja. La cabeza azul del fósforo chisporroteó en la tarde blanca pero la llama casi no pudo verse de tanto brillo que tenía la luz. Desde una vista panorámica podría haberse visto la inmensa llanura solitaria con el pasto ralo y amarillo. Podrían haberse visto, al fondo, los espinillos del monte y más lejos, hacia un costado, el grupo de paraísos con la pequeña casa, los corrales, el molino y el pozo. Podrían haberse visto en el centro de la escena, los dos hombres. Un campesino vestido con bombacha, alpargatas y gorra, envejeciendo. El otro, joven, vestido al estilo ciudadano, con mocasines y la cabeza descubierta. Arriba, el sol. Si hubiese habido alguien que mirara, podría haberse visto la inmensa llanura solitaria y los dos hombres de pie, joven o viejo, campesino o ciudadano, de pie bajo el sol de la tarde y conversando mientras el humo del cigarrillo formaba una pequeña y densa nube azul que quedaría flotando, suspendida en la pesada atmósfera de finales de algún verano en el sur del mundo.

—Yo no le tengo miedo a la muerte, en cambio me asusta la soledad, la soledad es peor que la muerte. Mirá, la muerte de uno es lo de menos, el problema es la muerte de los otros, es que el que se muere te abandona… Y que las cosas cambian, que todo se termina, ése es el problema, que todo lo que tenés un día te va abandonando… Entonces, si esto se va a terminar sigámoslo hasta el final, ¿para qué terminarlo antes cambiando las cosas?

Aquella tarde Tonio habló. Nunca antes lo había hecho y nunca más volvería a hacerlo. Aldo no estuvo seguro de comprender pero pensó que las cosas habían ocurrido como si todo, el auto azul llegando a la pequeña casa en medio del campo, el almuerzo con el vino y los cigarrillos en la siesta, el campo amarilleado por el sol, el calor, el paseo con el tío, la caza, la tarde, el verano, todo se había combinado para que los dos hombres estuvieran en ese sitio preciso del universo, en medio del campo, en la soleada tarde de domingo, escopeta al hombro, para que el tío hablara y él escuchara. Todo habría ocurrido como para que se produjera ese instante único en el que Tonio habló y él escuchó el poco sentido que las palabras del hombre pudieran tener. Pensó que entre todas las combinaciones posibles de tiempos y espacios se había dado ésa, justamente ésa, que definía su papel en la escena, como quien dice su función en la vida: que en ese instante, en esa hora y ese momento en que el tío quiso hablar, él estuvo ahí, en el momento justo para registrar, para que hubiera alguna vez un efímero testigo de las palabras del hombre que envejecía en la llanura solitaria.

Una vaga conciencia de que el instante acababa y que ya no habría otra oportunidad le hizo a Aldo aventurar otra pregunta para seguir la conversación.

—¿Vos pensás que el abuelo se equivocó entonces?

—Eso es lo de menos, hijo. La vida es así, siempre nos equivocamos.

En eso, la bandada de pichones cruzó el cielo azul de la tarde formando una pequeña nube gris, nerviosa y apretada. Volaban atropelladamente, unos encima de otros. Los dos hombres supieron que se acercaban porque oyeron en la tarde el apresurado batir de alas cortas del ave pequeña. Tonio tomó la escopeta y la apoyó con firmeza contra el hombro, apuntó hacia la nube de plumas grises cerrando uno de sus ojos azules y disparó.

Sonó el estampido único y seco en la tarde soleada. Unos cuantos pichones se desplomaron inermes contra el suelo. La bandada siguió volando al mismo ritmo sin modificar la dirección ni la velocidad ni el sonido del batir de alas. El grupo de pájaros grises siguió volando, ciego y persistente hacia el noreste, como si nada hubiese pasado.

—¡Hostia! —dijo Tonio con una amplia sonrisa—, tendremos un buen guiso esta noche.

Aquella que fue, es y será siempre la niña avanza por los pasillos enormes del hospital, los pasillos de azulejos blancos con junta negra, pastina negra. Aquella. Aquella que ya no es y no volverá a ser nunca la niña avanza. Avanza por los enormes pasillos del viejo edificio. Los techos altísimos, las paredes descascaradas. Avanza por los frescos pasillos enormes del edificio del siglo pasado. Acaba de dejar en la calle el tremendo calor a pesar de que apenas es octubre. Pasamos del frío al calor —pensó—. No tenemos derecho ni a la primavera.

Avanza por los pasillos enormes. Se cruza con las enfermeras de guardapolvo blanco y zapatillas de goma blanca. Esas zapatillas de las enfermeras. De goma con agujeritos. Y cofias. Atraviesa algunos jardines descuidados. Y otro más. En los bancos hay algunos convalecientes en pantuflas con las visitas.

Sigue caminando por los pasillos enormes.
Quién sabe dónde quedará esa sala. Pabellón de
hombres. Hospital público. Techos altísimos.

Cuando finalmente la encuentra, se asoma te-
merosa. No es para tanto como venía temiendo.
Sólo un hombre extremadamente delgado, calvo,
orejudo, un poco desorbitado, una especie de nos-
feratu campesino. Tantos años. Tantos, tantos.

—Tonio...

Él la miró casi sin reconocerla y luego esbozó
su tímida media sonrisa

—Tantos años...

—¿Cómo estás?

—Acá andamos. Es nada más el brazo. Una cosa de nada, una pavada. Nada más que el Tilio se
asustó y me trajeron para acá. Un disparate, con el
trabajo que hay en el campo... mirá, ya me tengo
que ir.

—Ninguna pavada, tío. Tu brazo está muy mal.
Casi te morís me dijeron.

—¡Bah!... bicho malo...

La miró con su media sonrisa tímida y medio
incómodo. La incomodidad por la familiaridad
perdida.

—Mirá, me sacaron las alpargatas y el saco. Fijate si me los encontrás que me tengo que ir.

—Tonio, no podés irte. Estás enfermo.

—Todas mentiras. Mirá, mejor que no te agarren los médicos, ni fumar te dejan. Haceme el favor, buscame el saco y las alpargatas que me tengo que ir. Está Tilio solo en el campo y él sí que está enfermo entre la úlcera y la vista. Alguien tiene que saber dónde está mi ropa, haceme el favor.

—Mirá Tonio, te traje frutas y ropa limpia. Dejame que te ayude a cambiar la camiseta.

—Encima tengo los cigarrillos en el saco. ¿No tendrás uno vos por casualidad?

—No podés fumar, y menos en la sala.

—Fijate entonces si me encontrás las alpargatas, aunque sea, y salimos al patio a fumar.

En un estante de chapa debajo de la cama encontró las alpargatas. Lo ayudó a ponérselas.

—Pero vos tenés fiebre. Estás hirviendo.

—No importa. Ya estoy acostumbrado, con esto del brazo estuve semanas con fiebre.

—No sé cómo no te moriste.

—No sería mi hora… ¿Vamos a fumar?

Lo ayudó a pararse y a caminar hasta las enormes galerías que daban a los jardines descuidados. Había bancos de madera, la vista no era gran cosa pero por lo menos corría aire. Se sentaron. La joven miró al hombre envejecido: no llegaría a los sesenta pero parecía un anciano, sacó de la cartera los cigarrillos y encendió uno para cada uno.

—Si aparece la caba, flor de reto te ligás.

—Lo último que faltaba, que a esta altura de mi vida me mandonee una mujer…

Le sacó el filtro al cigarrillo.

—Sabés, no me acostumbro…

Pitó fuerte sosteniendo el pucho entre los dedos índice y pulgar, estirando un poco los labios mientras largaba el humo por las comisuras y escupiendo la brizna de tabaco entre los dientes.

—¿Y? ¿Qué tal la capital?

—Difícil.

—Y sí… El campo es difícil. La ciudad es difícil. Todo es difícil.

Había llegado esa madrugada a la ciudad pequeña desde la capital. A los apurones. Venía a buscar plata para sacar un pasaje. Estaban matando. Había que matar o escapar.

—De dónde voy a sacar, hija, no tengo un peso. Con los abuelos enfermos no doy abasto…

Encendió un cigarrillo aunque sabía que a su madre no le gustaba. Ya era grande y, sin embargo, todavía tenía que vencer esa resistencia interior cuando hacía algo que a su madre le disgustaba. Buscó un cenicero y lo apoyó sobre el hule floreado. Ardió la brasa en la cocina pequeña, apenas había amanecido y su madre preparaba café.

—¿Querés leche?

—No, gracias.

Había viajado toda la noche desde la capital y no había pegado un ojo aunque estaba acostumbrada a viajar de noche, lo prefería para aprovechar mejor el fin de semana para estar con la familia. Cuando bajó del micro no había amanecido aún y la estación de ómnibus estaba casi desierta. Esta vez no tenía que retirar valija así que deambuló un rato por los pasillos vacíos, se detuvo en el kiosco de revistas pensando si le convenía hacer tiempo leyendo algo en el bar para no despertarlos a todos tan temprano. El bar de la estación de ómnibus seguía estando abierto toda la noche, como antes. De las pocas cosas que quedan como antes, pensó.

—Hasta el puente colgante se cayó —le dijo don Goyo—. Dejaron que se cayera y se están robando los bloques de hierro antiguo para venderlos para fundición. Son los del gobierno, hija.

Pero los diarios de Buenos Aires no habían llegado todavía así que no tenía sentido tomar café en el bar, era preferible gastar en un taxi. Salió a la rampa de los taxis y se detuvo un momento indecisa. Por suerte no hacía frío. Al contrario, ya se sentía el calor húmedo e insano de la ciudad rodeada de agua, el calor insano y pegajoso de la infancia. Otra cosa que seguía como antes. Tenía poca plata pero igual se tomó el taxi, no tenía ganas

de esperar el colectivo que a esta hora de la madrugada pasaría cada muerte de obispo. El auto reco-
rrió rápidamente las calles oscuras y empobreci-
das de la pequeña ciudad de provincia y estacionó
en la puerta de la casa. Con el motor todavía ron-
roneando a sus espaldas golpeó la ventana que daba a la calle, la ventana que ahora era la de la habitación de su madre, esa misma ventana frente a la
cual cayó muerto el pájaro desde el árbol. Esa misma ventana que no tardaría mucho en golpear Aldo otra madrugada, esta vez fría, helada y triste,
siempre triste, con la noticia: "Murió papá". La
misma ventana que ella golpeaba cuando volvía
de las salidas nocturnas en otras épocas para no
despertar al resto de la casa. Esas otras épocas
cuando ella era feliz y nadie estaba muerto.

—¿Prendés la luz, mamá, por favor?

—Sí, hija. Es que nos hemos acostumbrado a
usarla sólo lo indispensable. De día no se enciende.

—Son ideas tuyas, mamá. La lamparita no gas-
ta nada.

—Comé algo, hija. Estás tan flaca…

Aplastó el cigarrillo en el cenicero y se sirvió
azúcar en el café.

—Como si todo fuera poco, Tonio está internado. Casi se le gangrena el brazo por una lasti-
madura que no se quiso atender. ¿Podés creer? Se
ponía desinfectante y se arrastraba de fiebre has-

ta que Tilio, como pudo porque la catarata lo tiene medio ciego, pidió ayuda a los vecinos. Terminó internado acá porque en Laguna Paiva quién
lo iba a atender... Así que entre Aldo y yo lo cuidamos como podemos. Te pediría que esta tarde
fueras a verlo y de paso le lleves algunas cosas que
necesita.

Así que después de comer juntó las cosas y tomó el colectivo hacia el hospital. Hacía un calor
irreal. Cuando descendió, el sol caía a plomo sobre
las casas bajas y derretía la capa de asfalto de la calle. Corría un viento caliente como del mismo in-
fierno. Igual es raro para esta época, pensó. Cuando cruzó el bulevar nadando en el aire ardiente,
trató de apurarse para esquivar los autos pero el
taco del zapato se le quedó pegado en la capa de
asfalto derretido. Hizo fuerza con el pie para sacarlo y corrió hasta la puerta del hospital. El edificio era viejo y alto. Adentro estaba fresco.

—Disculpe. ¿La sala de infecciosas del pabellón de hombres?

—A la derecha, atravesando los patios.

Le dicen patios a los jardines.

Miró al hombre que temblaba de fiebre. Temblaba imperceptiblemente, sin darse cuenta. Temblaba pero no temblaba. Era eso. La fiebre. Eso era —le

pareció—, la mirada desorbitada era por la fiebre, no por la locura.

—Necesitan gente joven, y máquinas.

—Hijos no tuvimos y créditos no queremos. Te comen vivo. Peor que la gangrena.

Apagó dificultosamente el cigarrillo con la alpargata del pie derecho.

—Haceme el favor, nena. Buscame el saco que me tengo que ir, no puedo quedarme más tiempo acá. Tilio me necesita. Uno solo no puede con el campo.

—Tenés que quedarte, Tonio. Estás enfermo.

—Me tengo que ir. Traeme el saco, haceme el favor.

—¡Acá está! —dijo la enfermera—, pero caramba, lo estaba buscando, es hora de la inyección. ¿Qué está haciendo este hombre acá con la fiebre que tiene? ¿No habrá estado fumando usted, no?

—Tráigame el saco, hágame el favor.

—Qué saco ni saco. Usted tendría que dormir un poco así se cura más rápido. ¿Sabés qué pasa? No duerme nunca, ni de día ni de noche. No habla más que del hermano y del saco. Pobre hombre.

Pasó temblando el control del aeropuerto. Era cosa de vida o muerte y estaba sola.

A él ya lo habían matado. Tenía veinticinco años. Lo habían encontrado muerto con varios tiros en la espalda y el pasaporte del hermano en el bolsillo. La familia no quiso hablar con ella. Ni de él, ni de nada. Tenían miedo. O vergüenza. Lo enterraron en silencio y sin velatorio. Miedo y vergüenza. Nunca reclamaron por su asesinato. Ni siquiera un recuerdo en el diario por su memoria.

Vergüenza.

—Tenés que irte —le dijeron.

El miedo.

Pasó temblando los controles del aeropuerto y abordó el avión. Si al menos pudiera fumar.

El miedo.

Otra vez unos ojos azules lejos de la patria.

A último momento había recibido el telegrama: "Contá con la plata. Aldo decidió vender su auto. Ya se lo devolveremos. Mamá".

Hace exactamente un año que ella ha muerto cuando Marieta y Aldo llegan ateridos al viejo patio de tierra en un escenario como de fin del mundo. El auto en el que llegaron se había acercado dificultosamente por el camino a través del campo yermo y descuidado, lleno de yuyos y plantas de espinas. Casi no podían reconocer el lugar donde años atrás maduraban doradas las espigas bajo el sol o se mecían suaves las flores azules del lino en el aire cálido. Antes, ese camino era una fiesta de trinos mientras la volanta avanzaba a través de los campos cultivados o rodeando los corrales donde las vacas, caballos y ovejas pacían confiados agitando las colas y mirando curiosos la visita.

Ahora lo que ven les estremece el alma: los animales se agitan hambrientos en los corrales, en los pesebres y en los gallineros. Algunos, descontrolados por la sed de días rompieron los postes y alambrados en busca de agua desgarrándose la carne con las púas. Desbandados vagabundean sin orden en lugares inusuales. La casa, otrora sagrada para cualquier presencia que no fuera humana, ha sido invadida por pollos, gallinas, perros y gatos que no se sabe de dónde salieron. En medio del potrero frente a la casa, con el campo desolado como fondo, el molino, alto y quieto grita como un fantasma encadenado. La tarde de julio húmeda y gris —maldito julio que se lleva siempre a los viejos—, la tarde gris y húmeda de julio apresura su final. El frío corroe el alma.

Las cinco personas que llegaron esa tarde al campo devastado están parados en medio del viejo patio de tierra, rodeado de hojas muertas y ateridos: Marieta, su marido, Aldo y los dos policías que los acompañaron desde la comisaría del pueblo miran el cielo y la casa sin poder moverse. Todos callan y su silencio contrasta con los gemidos lastimeros que vienen del campo. Los animales inquietos y agitados mugen, gritan, chillan, se espantan y se atropellan.

Seguramente ha sido ese comportamiento inusual de los animales lo que alertó a los vecinos. Algo ha pasado en el campo de los hermanos, pensó la hija de Bar esa mañana avisada por su hijo mayor acerca de los gritos y estampidas de las bestias. Terminó apresuradamente de arreglar su cabello cano en el rodete de siempre, se secó las manos ajadas y le pidió al nieto que la llevara en auto hasta el pueblo. En la comisaría contó lo que temía y ellos se encargaron de avisar a la familia en la ciudad. Agregó la anécdota de hace unos años cuando Tilio llegó a su casa, agitado y alarmado, a pedir auxilio porque Tonio se estaba dejando morir de una infección que le estaba comiendo el brazo.

El comisario se acordaba del suceso porque ellos mismos ayudaron junto con los hombres de los Bar a convencer al hermano mayor de que se dejara atender, ese hombre conocido de toda la vida, amable, amigo del buen humor y de la solidaridad entre vecinos que se estaba volviendo un poco loco. Es que la soledad y la pobreza no se pueden aguantar juntas sin desesperar.

En otras épocas habían coincidido muchas veces en el almacén, él haciendo tiempo en la tranquila mañana pueblerina y Tonio de paso para el pueblo donde solía ir para la compra, el correo o la estación a buscar a alguno de la familia que venía de visita. Luego, de regreso, volvía a detener la volanta en la puerta del almacén, el buen hombre con gorra nueva, bombacha y camisa impecables bajaba a buscar lo que había encargado —cigarrillos, yerba, café, azúcar, vino y esas cosas, aprovechaba entonces para tomarse con él otra grapa, una ginebra o algún vermut si hacía calor y, mientras se fumaban uno o dos Colmenas que convidaba el gringo, charlaban un rato antes de seguir viaje rumbo al almuerzo familiar. Lo esperaban la madre con la comida lista y el hermano menor que se había encargado de hacer él solo todo el trabajo de la mañana. La radio puesta en el noticiero del mediodía.

Más de una vez él lo había invitado a jugar una carta o un billar con los otros parroquianos, pero el gringo declinaba siempre el ofrecimiento con alguna broma, juntaba sus cosas y se acodaba en la barra para sus dos o tres copas antes de partir saludando y haciendo explotar en una carcajada a los hombres reunidos con un chiste un poco subido de tono si es que la mujer del dueño no estaba presente.

El comisario le envidiaba la pinta al gringo, bah, a los dos, sólo que el otro sabía venir muy poco al pueblo, casi nada. Sólo acompañaba al hermano si había que hacer algún trámite en el banco o firmar algo en la Municipalidad o si había que votar, si no, difícil que saliera. Es que el campo lo hace a uno su esclavo, no se lo puede dejar solo. "Qué desperdicio —sabía decir su esposa—, muchachos tan buenos mozos quedarse solos así." Ella hubiera podido contar más de una novia para cada uno entre las chicas del pago aún hasta después de que hubieran pasado los cuarenta. Pero no hubo caso.

Algunas veces, de camino a la casa, sabía pasar por el boliche con alguna de las hermanas que venía de visita, todas tan lindas, también. La que venía más seguido era la que vivía más cerca, la segunda, a menudo con la chiquita rubia, hija de la hija, esta buena mujer que ahora llora en el patio de tierra en esta inhóspita tarde de invierno, casi al filo de la noche.

Ahora, en este ahora en que las cinco personas están inmóviles en medio de la tarde de invierno que agoniza, el almacén ya no existe, el dueño murió, los hijos se fueron a estudiar a la ciudad y la viuda cerró el negocio. La madre de los hermanos hace tiempo que ha muerto dejándolos solos del todo y hace tiempo que Tonio no va al pueblo con gorra nueva y ropa impecable. Hace tiempo que ya nadie visita a los viejos hermanos: las hermanas fueron envejeciendo, enfermando y se fueron muriendo una tras otra. Los sobrinos están lejos apurados por armar sus destinos. La vida se fue haciendo cada vez más triste y solitaria para los dos hombres abandonados en la llanura.

El viento que viene del campo, veloz como un tren, arrasa la tierra desnudándola cada vez más y amontonando abrojos, pequeñas ramas y hojas secas en el patio de tierra antaño barrido y regado. Son casi las cinco de una brumosa y húmeda tarde de julio. El pequeño grupo sigue de pie en el patio de tierra sin atinar a moverse. Marieta llora presintiendo lo que no quiere darse cuenta de que ya sabe. Aldo crispa los puños, endurece la garganta y las comisuras y frunce los ojos que portan la herencia azul de la familia materna.

El primero en aventurarse en la pequeña casa abandonada es el comisario. Cruza la galería tan sucia como el patio, espantando los pollos que la han tomado por asalto y otras alimañas oportunistas. Se asoma a la cocina. El fogón está apagado, el cubo de agua volcado hace un charco barroso en el piso. Sigue por el comedor hacia las habitaciones. El viento helado pasa sin respeto por las ventanas abiertas y crea una corriente de aire que enfría más que la de afuera. Pasa por la habitación matrimonial que ha sido conservada intacta por la madre y luego por el cuidado solícito de los hijos: la cama armada, el cubrecama floreado, el baúl antiguo, la alfombra barrida, el ropero con su luna. Con un pésimo presentimiento sigue hasta la otra habitación donde hay tres camas de una plaza, armadas y limpias. En la primera, rígido y lívido, con los ojos cerrados y los brazos cruzados sobre el pecho yace, solo y muerto, el hermano menor.

—Y Tonio, ¿dónde está?

Marieta miró a su hermano. Era la única persona en el mundo a la que le estaba pasando, en ese momento, lo mismo que a ella, o parecido.

Nadie habló.

El policía que había inspeccionado los alrededores de la casa se acercó al grupo desplazándose en la tarde gris de julio, que ya declinaba. Se acercó al comisario advirtiéndole algo con la mirada y giró volviendo sobre sus pasos. Todos lo siguieron con las piernas y manos ateridas. Rodearon la casa. Una fina y helada llovizna comenzaba a caer helando más aún los rostros, si esto fuera posible. En el horizonte, la tarde sin sol que caía no dejaba ningún rastro de color, sólo el gris que viraba lentamente al negro. Atrás, los frutales desnudos lucían como esqueletos implorantes. Más acá, en la huerta, el viento doblaba la verdura mezclada con la maleza aplastándolos sin piedad contra la tierra seca.

Marieta vio primero el gesto del hermano: se golpeaba la frente con la palma abierta apretando fuerte los ojos. Reproducía quizás en ese gesto el golpe que un instante antes había recibido su mirada. Hubiese sido mejor no tener ojos. Marieta miró lo que enfrente suyo no había podido ver. En medio del patio lateral, en el gris paisaje desolado, el viejo pozo se destacaba en el centro. La cadena caía suelta hacia lo hondo y se bamboleaba sonora por el viento helado. Allí estaba el viejo pozo familiar con el dintel de madera algo carcomido. Y en el gancho del dintel pendía, aterido y trémulo, el saco de Tonio.

Más tarde, mucho más tarde, aquella que fue la niña contará algunas de estas cosas a sus hijos que escucharán tratando de imaginar aquel fantástico mundo al que a la niña que fue su madre podía gustarle volver año tras año, verano tras verano a encontrarse sólo con la soledad de la llanura, a ese lugar en donde lo único que había por hacer era mirar el cielo para ver asomar u ocultarse el sol, sentir la fragancia de la alfalfa seca en el viento o salir corriendo hacia la noche para ver el espectáculo de la luna bañando de luz el campo repentinamente plateado, o iluminando de pronto la tremenda oscuridad del pozo al reflejarse en el agua profunda.

Era tal el espectáculo de la luna en el pozo iluminando desde abajo que la niña llegó a creer que había dos lunas: la luna de arriba que pendía del cielo y la luna del pozo que colgaba de otro cielo negro dado vuelta. Otro cielo debajo de la tierra que sólo se deja ver de noche por la abertura del pozo y del cual cuelga hacia arriba la luna luminosa. Porque la luna en el pozo no es mero reflejo sino que irradia una luz propia que trepa por el oscuro túnel vertical, alcanza el brocal y lo desborda por la pared exterior para seguir extendiéndose como un óleo de plata por la tierra desnuda del patio hacia el campo, enredándose en el pasto, ascendiendo por los troncos y las hojas de los árboles hacia arriba, hacia la vastedad de la atmósfera que inesperadamente, entre el cielo y la tierra, en medio de la noche, hace existir la luz.

En el campo, o sea, en las noches del campo, gracias a la luna que baña la soledad de la llanura, existe la luz. Y en la infancia de la madre, gracias al campo, existió la luna. Ahora, en este ahora en que aquella que fue la niña recorre las noches de la infancia, la luna ya no existe. La ciudad se la tragó. Pero entonces, en aquel entonces de la infancia, la luna era una presencia celebrada y esperada y una compañía sutil y sólida a la vez.

Mucho tiempo después, cuando la noticia de la tragedia alcanzó a la que había sido una niña feliz en la tierra familiar, cuando el dolor se mezcló con la incapacidad de comprender, la angustia, arrastrándose por el pecho como un reptil inmundo, intentó abrirse paso hacia los ojos, buscando alguna imagen de la que aferrarse para terminar encontrándose con la noche en el devastado escenario familiar.

Allí va la figura del viejo Tonio, desesperado y loco atravesando rápido el antiguo patio. Un momento antes acaba de acomodar el cuerpo del hermano amado sobre el lecho, acaba de cruzar piadosamente los brazos sobre el pecho y acaba de cerrar suavemente los ojos del hermano muerto. Inmediatamente después salió de la casa oscura hacia el patio de tierra sin saber bien por qué ni para qué. Allí se encontró de pronto con la blanca presencia de la luz. Sintió la presencia ancestral y conocida, la alta y callada compañía. Salió al patio de la casa después de dejar solo el cuerpo del hermano, solo y muerto, pasando al lado de la escopeta cargada, hacia afuera. Una vez en medio de la soledad luminosa del patio sabe que ha salido al encuentro del otro cielo que lo espera en lo profundo del pozo.

Envuelta de luz, la vieja y frágil silueta familiar se desplaza frente a los ojos de la niña: Tonio cuelga prolijamente el saco en el gancho clavado en el dintel del pozo. En ese momento cruza por su mente como un rayo la imagen del padre… ¿Qué hace el padre? Está colgando el saco de la rama de un árbol en el tórrido verano de la infancia y se acerca a los hijos que lo esperan impacientes junto al arroyo que atraviesa el campo. Los tres se sa-

can apresuradamente la ropa y corren a zambullir-
se. Primero el padre, después los hijos. Las gotas
de agua atravesadas por el rayo de sol brillan como la luna.

Tonio se zambulle. Cae metro a metro por el
vacío, rozando la cadena sonora que la madre solía sostener con sus manos firmes y fuertes de
campesina.

¿Adónde va Tonio rápido como una flecha?

El espejo plateado se rompe en mil pedazos
oscuros.

¿Cuánto tiempo pasará hasta que vuelvan a
juntarse los pedazos recomponiendo la quietud y
el silencio perfectos?

Otra vez la noche calma, el campo plateado, el
aire frío pero suave. Arriba, y abajo, la luna, blanca y ancha como la sonrisa de la madre.